Iva Procházková
Die Zeit der geheimen Wünsche

Iva Procházková

Die Zeit der geheimen Wünsche

Aus dem Tschechischen
von Gabriele Osenberg

Bilder von Peter Knorr

BELTZ
& Gelberg

Iva Procházková wurde 1953 in Olomouc (Mähren) geboren. Als Tochter eines unerwünschten Autors des sogenannten »Prager Frühlings« – ihr Vater war der bekannte Autor Jan Procházká – waren alle ihre Bemühungen um Aufnahme in die Film- und Schauspielakademie vergebens. So mußte sie ihr Geld mit Putzarbeiten verdienen, schrieb aber nebenbei verschiedene Theaterstücke, einen (unveröffentlichten) Roman und Kinderbücher. Nach einem kurzen Aufenthalt in Wien lebt sie heute mit ihrem Mann und ihren Kindern in Bremen. Sie und ihr Mann haben ein Puppentheater gegründet, mit dem sie auch auf Tournee gehen. Im Programm Beltz & Gelberg erschien ihre Erzählung *Der Sommer hat Eselsohren* (Auswahlliste Deutscher Jugendliteraturpreis 1985). *»Die Zeit der geheimen Wünsche«* wurde mit dem Deutschen Jugendliteraturpreis 1989 ausgezeichnet.

Peter Knorr, geboren 1956 in München, studierte Kunsterziehung in Mainz und schloß Anfang 1986 seine Ausbildung ab. Seither lebt er als freischaffender Zeichner und Illustrator in Bischofsheim bei Mainz.

Lektorat Susanne Härtel

3. Auflage, 10.–25. Tausend, 1989

Programm Beltz & Gelberg, Weinheim

Einband von Peter Knorr
Gesamtherstellung Druckhaus Beltz, 6944 Hemsbach
Printed in Germany
ISBN 3 407 80194 7

Ich kenne zwei Arten von Geschichten.
Während sich die einen einfach ereignen,
irgendwann und irgendwo,
können die anderen nur im Frühling passieren
und einzig in Prag.

Kapka

Kinder kommen auf so mancherlei Art und Weise zur Welt. Die einen zu früh, die anderen zu spät, selten im richtigen Augenblick. Es gibt gewollte und weniger gewollte Kinder, ersehnte Kinder, herbeigerechnete Kinder.

Als die Zwillinge Michael und Pawel vierzehn Jahre alt waren, bekamen sie eine kleine Schwester. Die Jungen berührte das nicht sonderlich. Pawel hatte sich kurz vorher bei einer Reitschule angemeldet. Er verbrachte seine gesamte Zeit bei den Pferden, und kein menschliches Wesen, schon gar keins, das nur drei Kilo wog, war imstande, seine Aufmerksamkeit so zu fesseln wie der Apfelschimmel Kwido mit seiner schwarzen Mähne und den Samtaugen. Michael wiederum schwirrte gerade zu dieser Zeit das weizenblonde Mädchen von gegenüber im Kopf herum. Sofern er nicht gerade am Fenster auf der Lauer lag oder um ihre Haustür herumstrich, quälte er sich damit, einen Reim auf den Namen des Mädchens zu finden, den er in einem feierlichen Gedicht verewigen wollte. Sie hieß Mirinda, und trotz allen angestrengten Nachdenkens fiel ihm nichts anderes als Zylinder ein. Ein Wort, an dem er auch beim besten Willen nichts Poetisches finden konnte.

Während die Brüder also mit ihren Sorgen vollauf beschäftigt waren und nicht im geringsten dadurch aus der Fassung gebracht wurden, daß sie aus heiterem Himmel eine vierzehn Jahre jüngere Schwester bekamen, war Papa in einem Zustand der Verzückung. Er erblickte in diesem späten, bereits nicht mehr erwarteten Familienzuwachs einen Wink des Schicksals. Mama, als Ärztin, betrachtete die ganze Sache eher von der biologischen Warte aus, nüchtern und ohne Phantasie. Wo sie einen ganz normalen, drei Kilo schweren Säugling mit Spinnenbeinen, lappiger Haut und einem roten Gesicht sah, konnte sich Papa über das ungewöhnliche Geschöpf gar nicht mehr einkriegen, dessen Haare, Fingerchen, Bäuchlein und Popo ihm unvergleichlich schöner erschienen als Haare, Fingerchen, Bäuchlein und Popo eines jeden anderen Mädchens.

Auch bei der Auswahl eines Namens zeigte sich jedes Familienmitglied auf seine Weise. Michael schlug Mirinda vor, trotz aller Schwierigkeiten mit der Reimfindung. Pawel vertrat die Meinung, auf den Namen käme es nicht an. Egal welchen sie bekäme, letzten Endes würde sie trotzdem die Nase darüber rümpfen und sich Malwina oder Eleonore nennen – man kennt doch die Mädchen!

Mama, die telefonisch aus dem Krankenhaus in die Debatte eingriff, verlangte, sie sollten sich auf etwas Kurzes einigen, das zum Nachnamen Hujar paßte. Eva. Jana. Oder Lida – sagte sie.

Papa lehnte ihre Vorschläge ab. Er war Künstler. Er konnte es nicht zulassen, daß seine Tochter einen Allerweltsnamen wie Eva trug. Oder Jana. Oder Lida – sagte er. Er sagte es entschlossen, aber zärtlich, weil Mama am Telefon weinte. Alle Kinder im dritten Stock, wo sie lag, hatten schon einen Namen, nur ihr Kind nicht. Das erschien ihr ungerecht. Wenn man ihr die kleine Tochter zum Füttern brachte, streichelte sie über das weiche Köpfchen und flüsterte ihr mitleidig »Hujarka« ins winzige Öhrchen. Dabei hatte sie das Gefühl, daß ihre Großmutter früher so ihre Kuh gerufen hatte, wenn sie die von der Weide nach Hause trieb.

Diese unangenehme Situation dauerte zum Glück nicht lange. In der letzten Aprilwoche hatte Vater einen Traum. Er stand im Traum auf dem Laurenziberg und sah auf Prag hinunter. Es war ein klarer Tag, hoch oben am Himmel zog ein einzelnes Wölkchen. Auf einmal, mir nichts, dir nichts, fiel ein Tropfen aus dem Wölkchen auf Papa. Aber es war kein normaler Tropfen, es war ein winziges Mädchen, ganz nackt, und es zitterte vor Kälte. Papa steckte es in seine Brusttasche und ging mit ihm nach Hause. Vor dem Haus traf er einen Nachbarn, Herrn Hladik, und der fragte ihn, was da aus seiner Brusttasche herausschaue. Papa sagte, das sei nichts, nur ein Tropfen, den er mit nach Hause nähme, um ihn zu wärmen. Dann wachte er auf. Draußen war es noch dunkel, der Regen schlug wirklich gegen die Fenster.

»Sie wird Kapka* heißen«, sagte Papa in die Stille der Wohnung, und später wiederholte er das Mama am Telefon. »Sie ist wie ein Tropfen vom Himmel gefallen, warum sollten wir sie also nicht so nennen?«

Und dabei blieb es auch. Nicht, daß Mama entzückt gewesen wäre. Aber sie stritt sich deswegen nicht mit Papa. Sie sagte sich, daß irgendein Name besser sei als gar keiner.

* tschechisch: Tropfen

»Lad dir nicht soviel auf!« ruft Papa. »Du hebst dir noch einen Bruch!«

»Ich bin doch kein Püppchen!« Um ihre Kräfte zu beweisen, bückt sie sich auf dem Weg vom Möbelwagen, um noch den Korb mit dem Strickzeug mitzunehmen. Als sie die Hand ausstreckt, rutscht ihr eine Rolle mit Plakaten weg, die sie unter den Arm geklemmt hatte. Der Riemen des Rucksacks gleitet ihr von der Schulter, und sie stolpert über den Regenschirm, den sie mit der anderen Hand umklammert. Während sie fällt, tritt sie natürlich gegen den Korb. Die Wollknäuel laufen den Bürgersteig hinunter.

»Hohoho! Hahahaa!« wiehern die Packer, daß ihre mächtigen Schultern wackeln. Ihr Lachen ähnelt dem Geräusch einer verrosteten Pumpe. Im Erdgeschoß klirren Fensterscheiben, und in einem der Fenster erscheint ein neugieriges Gesicht.

Der Vater lacht nicht. »Hast du dir was getan?« fragt er.

»Ja, lächerlich hab ich mich gemacht!« flüstert Kapka wütend und rappelt sich auf. Ihre Hand tut weh, aber das spöttische Gelächter der beiden Riesen brennt viel mehr. Einer von ihnen hat sich gerade einen schweren Eichenschrank auf den Rücken gehievt und trägt ihn zum Eingang. Ohne das geringste Anzeichen von Anstrengung. Er pfeift sogar dabei. Als er an Kapka vorbeigeht, blinzelt er ihr versöhnlich zu. Gleich darauf erinnert er sich anscheinend an ihren komischen Sturz. Es beginnt in seinem Hals erneut zu blubbern, und dröhnend lacht er los. Kapka wendet sich ab.

»Was hast du?« Vaters Stimme klingt besorgt.

»Nichts«, lächelt sie. Um nichts in der Welt würde sie vor den beiden zugeben, daß ihre linke Hand wie Feuer brennt. Sie hebt den Korb auf und beginnt, die Wollknäuel einzusammeln.

Die Straße fällt steil ab. Einige Knäuel sind den halben Hügel hinuntergerollt und haben erst an der Ecke eines hervorstehenden Hauses haltgemacht. Kapka geht ihnen hinterher.

Nach ein paar Schritten ist ihre Wut verraucht. Die Märzsonne hat den Turm der Nikolaus-Kirche erklommen und schickt von dort ihre noch blassen Strahlen großzügig in alle Himmelsrichtungen. Sie spiegeln sich in den Fenstern und Dachluken wider, brechen sich, huschen über die kupfernen Kuppeln und tauen die Schneereste auf den Fenstersimsen weg. Von den Dächern tropft es. Grünspan hat unter den Abflußrinnen die Pflastersteine grün gefärbt. Sie sehen wie seltener Marmor aus. Wasser läuft in kleinen Rinnsalen über den Bürgersteig, diese fließen zu Bächlein zusammen und verschwinden mit lautem Gluckern in den Kanälen. Kapka springt über die Bächlein hinüber und beguckt dabei neugierig die Häuser, an denen sie vorbeikommt. Sie will sich die Straße, in der sie ab heute wohnen wird, so schnell wie möglich einprägen. An einige Hausgiebel erinnert sie sich von früheren Sonntagsspaziergängen mit den Eltern her. Damals hat sie die Häuser jedoch als zufällige Spaziergängerin wahrgenommen. Jetzt guckt sie sie ganz anders an. Ein bißchen so, als ob sie ihr gehörten.

»Ihr Haar verströmte süßen Duft, yeah, yeah, yeah!« schallt es aus dem offenen Fenster eines Hauses. Kapka hebt den Kopf und erblickt ein Mädchen in einem geblümten Morgenmantel. Sie steht vor dem Spiegel, singt vor sich hin und bürstet sich wohlgefällig ihre langen Haare.

»Im Kopf jedoch nur heiße Luft, yeah, yeah, yeah!« grölt aus der Tiefe des Zimmers eine andere Stimme, und hinter dem Mädchen erscheint ein großer, strubbeliger Junge in Trainingshosen. Kapka bleibt stehen. Die Szene am Fenster beginnt sie zu interessieren, sie wartet auf ihre Fortsetzung.

»Mit Mathe ist bei ihr nichts drin, yeah, yeah, yeah! Hat nur den Heribert im Sinn, yeah, yeah, yeah!« brüllt der Junge in den Trainingshosen und windet sich in wildem Tanz. »Und kriegt sie bald ihr Zeugnis dann, o Mann, o Mann, o Mann, o Mann!« Seinen heiseren Gesang begleitet er mit so lustigen Grimassen und Bewegungen, daß Kapka nicht an sich halten kann und herausprustet. Mit einem Satz ist der Junge am Fenster.

»Das ist nicht zum Lachen, das ist eher zum Weinen«, bemerkt er tadelnd. Sein Gesicht unter den zerzausten Haaren ist jedoch fröhlich. Seine Mundwinkel gleiten dauernd wie von selbst auseinander. »Willst du mein verrücktes Schwesterchen besuchen?«

Kapka schüttelt den Kopf.

»Wer ist hier verrückt? Ich soll verrückt sein?« schreit das Mädchen und verpaßt ihm von hinten eine Ohrfeige. »Guck dich mal lieber selbst an, du Komiker!« Sie schiebt den Jungen vom Fenster weg und schließt es energisch.

Kapka verharrt noch ein Weilchen, aber als nichts mehr passiert, schreitet sie weiter den Berg runter. Sie sieht sich nach den weggerollten Knäueln um. Eins findet sie, ganz durchnäßt, auf dem Gitter eines Kanals, ein anderes hat am Fuß einer Laterne haltgemacht, ein weiteres ist an einem

Kellerfenster hängengeblieben. Der Korb ist jedoch immer noch nicht voll. Kapka steckt den Kopf durch die angelehnte Tür des Nachbarhauses. Sie blickt in eine dunkle Einfahrt mit Mülltonnen. Neben ihnen, gleich vorne, ist verschwommen etwas Weißes zu sehen. Es sieht wie ein Knäuel aus. Kapka zwängt sich durch den Spalt zwischen den schweren Türflügeln und geht darauf zu. Aber kaum hat sie die Hand ausgestreckt, schlägt das Knäuel einen Haken, läuft um die Mülleimer herum, huscht durch das Dunkel der Einfahrt und verschwindet. Das Mädchen schreit auf, doch im nächsten Moment lacht sie vor Erleichterung. Ein klägliches Miauen dringt an ihr Ohr, und wo Licht und Schatten aufeinandertreffen, an der Mündung der engen Durchfahrt in einen kleinen Hof, erblickt sie die winzige Silhouette einer Katze.

»Miezmiez, komm her, hab keine Angst!« ruft sie und vergißt dabei, daß sie noch vor nicht ganz einer Minute selbst Angst gehabt hat. Sie beginnt, sich dem Kätzchen langsam zu nähern. Schritt für Schritt. Damit sie es nicht verscheucht. Wie sie durch die Einfahrt in den Hof tritt, wird das Grau um sie herum allmählich heller, und sie sieht zu ihren Füßen schmale Streifen von Moos, die sich zwischen den Pflastersteinen angesiedelt haben.

»Willst du ein Knäuel? Da!« Sie zieht ein Knäuel aus dem Korb hervor und wirft es der Katze zu. Die macht zunächst einen Satz nach hinten, aber dann nähert sie sich neugierig. Sie stößt mit einer Pfote dagegen. Das Knäuel kullert weiter in den Hof hinein.

»Was hast du denn da, Motor?« ertönt von oben eine tiefe Stimme. Kapka schaut hinauf. Auf der Galerie, ans schmiedeeiserne Geländer gelehnt, steht eine magere Frau

in einem schwarzen Rock und schwarzem Pullover. Ihre metallgrauen Haare hat sie fest zu einem Knoten zurückgekämmt. An den Ohren baumeln Ohrringe, und am Hals hängt eine Korallenkette.

»Guten Tag«, grüßt Kapka.

»'n guten«, antwortet die Frau und heftet ihre aufmerksamen Augen auf Kapka. »Ist das dein Knäuel?«

Kapka nickt. »Ist das Ihre Katze?« fragt sie im Gegenzug.

»Kater«, verbessert die Frau. »Bis jetzt ist er noch ein bißchen klein geraten, aber er ist erst drei Monate alt. Er kann jedoch schon ausgezeichnet schnurren. Ich nenne ihn Motor.«

»Darf ich ihn streicheln?«

»Da fragst du mich?« wundert sich die Frau.

»Er ist doch Ihrer, oder?«

»Wenn zu euch jemand zu Besuch kommt, fragt der dann auch deine Mama, ob er dich streicheln darf?«

Kapka schweigt verblüfft. Die Frau erscheint ihr seltsam. Wegen ihres Aussehens, und wie sie spricht. Sie hält sich ganz gerade, hat eine junge Stimme, aber das Gesicht ist voller Falten. Kapka hat noch nie eine ähnliche alte Frau getroffen. In ihrer früheren Straße im Stadtteil Liben wohnten einige alte Mütterchen, aber alle waren klein, gebeugt und geschwätzig. Sie hielten Kapka auf dem Bürgersteig an, wunderten sich wieder und wieder, wie groß sie schon sei, und fragten, ob sie die Lehrerinnen in der Schule nicht ärgerte. Ein Gespräch mit ihnen war für Kapka genauso anregend wie eine Unterhaltung mit einer Stehlampe oder einem Stück Rindfleisch.

»Du kannst ihn einfangen und nach oben bringen«, sagt die Frau. »Sein Mittagessen ist fertig.«

Kapka stiehlt sich leise zu dem Kätzchen. Sie wartet, bis es ganz mit dem Wollknäuel beschäftigt ist, dann bückt sie sich blitzschnell und hebt es auf. Der junge Kater faucht durchdringend. Im nächsten Moment fährt er seine Krallen aus und greift Kapka an. Die drückt, ohne große Umstände zu machen, seine Pfoten unter den kämpferisch angespannten Körper und umschließt ihn mit den Armen. »Ich komme schon!«

Sie hebt die Augen. Die Galerie ist leer. Sie läßt den Korb mit den Wollknäueln im Hof stehen und geht in die Einfahrt zurück. Sie tastet eine Weile vergeblich nach dem Lichtschalter, dann geht sie im Dunkeln die gewundene

Treppe hinauf. Die Stufen sind aus Holz und durch die jahrelange Benutzung in der Mitte ausgetreten. Sie knarren bei jedem Schritt, als ob sie vor Schmerz aufstöhnten. Durch ein kleines, enges, oben ausgebrochenes Fenster fließt von draußen ein kleiner Streifen Licht herein, der sich an der grob verputzten Wand bricht und in die Tiefe nach unten fällt.

»Wir sind gleich da«, flüstert Kapka dem Kater zu, um ihre eigene Beklommenheit zu überwinden. Im Dunkeln hat sie schon immer Angst gehabt. Der Kater hingegen hat sich beruhigt, in der warmen Umarmung fühlt er sich wohl, und aus seinem Hals dringt ein zufriedenes Schnurren.

»Hast du Hunger?« macht das Mädchen mit ihm Konversation. »Was gibt es denn zum Mittagessen?«

Sie bleibt jäh stehen. In der Dunkelheit vor sich fühlt sie - mehr als daß sie es sieht - die Umrisse einer Gestalt. Sie ragt über der Treppe auf, schwarz, groß, furchteinflößend.

»Guten Tag«, grüßt sie mit gepreßter Stimme. Die Gestalt antwortet nicht. Statt dessen hebt sie auf einmal eine Hand. Kapka weicht hastig zurück. Sie taumelt, der Kater springt ihr aus dem Arm. Er macht einen Satz um die dunkle Gestalt herum, miaut laut und zwängt sich durch die angelehnte Tür auf die Galerie. Die Türflügel quietschen, geben nach, und vom Innenhof dringt ein breiter Streifen Sonnenlicht herein. Er breitet sich wie ein Teppich auf der Treppe aus. In seinem Licht verliert das Treppenhaus sein unheimliches Aussehen, die Schatten ziehen sich in entfernte Winkel zurück, und die furchteinflößende Gestalt über Kapka entpuppt sich als Statue eines bärtigen Mannes. Er steht in einem Erker neben der Tür, mit einer

Hand hält er seinen Mantel zu, mit der anderen umschließt er eine Schriftrolle. Sein rundes Gesicht kommt Kapka irgendwie bekannt vor. Sie geht auf ihn zu und betrachtet ihn aufmerksam. Es besteht nicht der geringste Zweifel, daß er aus Holz und ganz und gar unbeweglich ist. Trotzdem könnte sie beschwören, daß er vor einer Weile gewinkt hat. Sie tritt noch einen Schritt näher heran und berührt vorsichtig die hölzerne Hand. Sie versucht sie zu bewegen. Ohne Erfolg. Obwohl das Holz alt und an einigen Stellen von Holzwürmern zerfressen ist, hält die Hand, gibt nicht einmal ein bißchen nach.

»Macht euch bekannt!« ertönt die tiefe Stimme von vorhin. Die Frau steht in der Tür, die auf die Galerie hinausführt. Ihre wachen Augen gleiten von Kapka zur Statue und zurück. »Das ist Herr Juda Tadeasch, man nennt ihn auch den heiligen Tadeasch, und das ist Fräulein . . .?«

»Kapka Hujar«, stellt sich Kapka der Frau und Tadeasch vor. Dabei befällt sie wieder das unerklärliche Gefühl, daß sie das bärtige Gesicht des Heiligen von irgendwoher kennt.

»Und ich heiße Polozkaja«, sagt die Frau. »Natalie.«

»Das ist ein komischer Name.«

»Wieso komisch? Ukrainisch. Mein Vater war der Fürst Polozkij«, erzählt die Frau und geleitet Kapka dabei über die Galerie zu ihrer Wohnungstür. »Während der Revolution ist er nach Wien geflohen, und da hat er Mama kennengelernt. Mama war Tschechin. Beide hatten Heimweh in Wien, deshalb sind sie nach der Hochzeit nach Prag gezogen.«

Nun sind sie an der Tür angelangt. Die Wohnung hat keinen Flur, von der Galerie kommt man direkt in die Küche.

»Komm nur rein.«

Kapka tritt ein und sieht sich um. In der gegenüberliegenden Ecke steht ein Ofen. Durch die Ritzen zwischen den Eisenplatten sieht man die züngelnden Flammen des Feuers. Auf dem Ofen kocht etwas in einem großen Topf. Dampf steigt auf.

»Ich bekomme heute abend Besuch, deshalb koche ich Borschtsch*«, sagt die Fürstin. Sie rührt mit einem großen Kochlöffel in der Suppe, rückt den Topf an den Rand des Ofens, steckt die Nase in den Dampf und schnuppert. Ein Ausdruck von Unzufriedenheit gleitet über ihr Gesicht. »Ich weiß nicht, ich weiß nicht«, seufzt sie. »Ich habe kein Hammelfleisch bekommen, und ohne Hammelfleisch . . . « Sie spricht den Satz nicht zu Ende, aber von ihrem ernsten Gesicht kann man ablesen, daß es riskant, verrückt, ja sogar ein wenig gefährlich ist, Borschtsch ohne Hammelfleisch zu kochen.

»Setz dich«, sagt sie und nickt zum Tisch hinüber, über dem eine äußerst seltsam aussehende Lampe hängt. Sie ist eigentlich nichts anderes als ein Korb mit einer Öffnung für eine Glühbirne und einer Menge bunter Tücher ringsherum. Die Zipfel und Ränder der Tücher sind voller Löcher wie ein Sieb.

»Das ist ein Andenken an Petruschka«, sagt die Frau, als sie Kapkas Blick bemerkt. »Immer wenn ich ihn aus dem Käfig gelassen habe, ist er auf die Lampe geflogen, hat sich festgekrallt und geschaukelt. Manchmal hat er auch die Fransen angeknabbert.«

»Ein Kanarienvogel?«

* russisches Nationalgericht: Kohlsuppe mit verschiedenen Fleisch- und Gemüsesorten und saurer Sahne

»Wellensittich.«

»Und was ist mit ihm passiert?«

»Die Katze hat ihn gefressen.«

Kapka wirft einen finsteren Blick auf den Kater, der in der Ecke neben dem Korb für Holzscheite einen Rest Fisch aus seinem Schüsselchen frißt.

»Nicht Motor!« Die Fürstin lacht ihr tiefes, melodisches Lachen. Sie beugt sich hinunter und streichelt den Kater vom Kopf bis zum Schwanz. Das Tier dehnt sich unter dem Gewicht ihrer Hand wie ein Bogen. »Alexander der Große, Motors Vorgänger, hat Petruschka aufgefressen. Das war vielleicht ein Kater! Der war einschließlich Schwanz einen Meter achtzig lang. Und Kraft hatte der! Wenn er einem unerwartet auf den Rücken sprang, hat er einen umgeworfen. Aber über ein Geländer oder einen Dachfirst ging er wie eine Primaballerina. Er hatte das schwärzeste Fell, das du dir vorstellen kannst.«

»Hat ihn auch jemand aufgefressen?«

»Er ist davongelaufen. Im Herbst. Vorher hatte er sich irgendwo gerauft. Er kam mit einem eingerissenen Ohr nach Hause gekrochen, aus seinem Fell tropfte Blut, und er hinkte. Aber nach ein paar Tagen hatte er sich erholt. Dann ist er verschwunden und danach nicht mehr aufgetaucht.«

Die Fürstin verstummt. Sie bleibt zum Fenster gewandt stehen, den Blick auf das gegenüberliegende Dach geheftet. Das magere Gesicht, auf dem alle Züge in scharfen, klaren Linien hervortreten, hat sie leicht nach oben gerichtet. Wie ein witternder Hund. Über die Küche legt sich eine Stille, die sich aus lauter beruhigenden Geräuschen zusammensetzt: Motor hat seinen Fisch aufgefressen und putzt sich jetzt zufrieden, das Holz im Ofen knistert, im Topf mit dem Borschtsch blubbert es von Zeit zu Zeit, von draußen hört man das Klopfen von Taubenschnäbeln an die blecherne Regenrinne.

Kapka fühlt, wie ihre Augenlider schwer werden. Sie weiß, sie sollte aufstehen, sich verabschieden und mit den eingesammelten Wollknäueln zurückgehen. Aber sie schafft es nicht, das Schweigen der Fürstin zu durchbrechen, als bannte sie ein Zauber, der die Zunge fesselt und den Beinen nicht erlaubt aufzustehen. Es scheint ihr, als ob auch etwas mit den Wänden in der Küche passierte. Sie gehen auseinander und werden dünner. An einer Stelle ist das Mauerwerk schon ganz verschwunden, man kann das Nebenzimmer mit einem hoch aufgeschütteten Bett und einer violetten Tagesdecke sehen. Auf der Decke sind Pfauen aufgenäht.

»Hast du keinen Hunger?« Kapka zuckt zusammen. Die Fürstin steht über ihr und sieht sie an. »Willst du nicht ein bißchen Borschtsch?«

»Nein danke, ich, ich . . .« Die Zunge klebt ihr am Gaumen, sie fühlt sich, als wäre sie eben aus einem langen, fiebrigen Schlaf erwacht. Sie wirft einen forschenden Blick auf die Wand. Sie ist ganz und unversehrt, ohne das geringste Anzeichen, daß mit ihr vor einer Weile etwas passiert wäre.

»Ich muß nach Hause. Wir sind heute hierhergezogen.«

»Zu uns?«

»Ein Stück weiter die Straße rauf.« Sie steht auf. Jetzt hat sie wieder die Kraft, zu sprechen und sich zu bewegen. »Unser Schild am Haus hat eine goldene Schlange.«

Sie bückt sich, um Motor zum Abschied zu streicheln, der es sich auf einer Decke neben dem Ofen bequem gemacht hat. Ein lautes Schnurren dringt bereits wieder aus seinem Hals. Er sieht ruhig und zufrieden aus. Zu seiner Katzenwelt haben Zauber wahrscheinlich keinen Zugang.

»Darf ich ihn manchmal besuchen?« fragt Kapka.

»Du darfst mich sogar auch besuchen«, sagt die Fürstin. »Ich habe gern Besuch. Und hab nächstes Mal keine Angst vor Tadeasch. Angeblich ist er der Patron der Hexen, aber er tut niemandem was. Im Gegenteil! Wieder und wieder hat er den Menschen geholfen!«

»Wie?« fragt das Mädchen bereits von der Galerie aus. Aber die Fürstin antwortet nicht. Sie zieht nur leicht die Mundwinkel nach oben und macht ein geheimnisvolles Gesicht.

Als Kapka nach einer Weile in den dunklen Tunnel des Treppenhauses tritt, sieht sie sich die Statue erneut an. Ein Streifen Sonnenlicht reicht dem Heiligen gerade bis zur Nase. Mund, Bart und der Rest des Körpers verschwimmen undeutlich im Zwielicht. Die hölzernen Augen starren ins Leere. Leblos. Ohne Bewegung.

Das Mädchen sieht ihn eine Weile mißtrauisch an. Dann, ohne sich länger mit der Suche nach dem Lichtschalter aufzuhalten, geht sie nach unten. Die Stufen knarren, aus dem Keller steigt der Geruch von feuchtem Putz, die Dunkelheit an der Biegung der Treppe kräuselt sich wie ein Tümpel. Kapka taucht tiefer und tiefer hinunter. Wie sie ihre Füße in die ausgetretenen Vertiefungen setzt, hat sie das Gefühl, daß sich die Stufen wie Wellen bewegen, sich brechen und wieder anschwellen. Gleichzeitig bemächtigt sich ihrer eine stille Freude, gemischt mit Neugierde. Alles deutet darauf hin, daß das Wohnen in diesem

Stadtteil von Prag viel interessanter sein wird als das bisherige Leben in Liben.

Auf dem Hof nimmt sie den Korb mit den Wollknäueln und rennt durch die Einfahrt auf die Straße.

Auf dem Dach

Die Tür steht sperrangelweit offen. Kapka tritt in den Flur. Er ist vollgestopft mit aufeinandergestapelten Möbeln, zusammengerollten Teppichen, eingepackten Bildern und Kisten mit Geschirr. Neben dem Geruch nach frischer Farbe, die noch nicht ganz trocken ist, liegt der verlockende Duft von Sauerbraten in der Luft. Der Vater hat ihn gestern gekocht und in einem Topf mit festgebundenem Deckel in die neue Wohnung mit umgezogen.

»Kapka,wo bleibst du denn?« ruft er. Er hat ihre Schritte gehört. »Komm auch was essen!«

Kapka zwängt sich durch den Spalt zwischen den aufeinandergestapelten Sesseln. Auf einen von ihnen stellt sie den Korb mit der Wolle, auf einen anderen die Plakatrolle, dann steckt sie den Kopf in die Küche. Im gleichen Moment würde sie ihn am liebsten wieder zurückziehen. Beide Packer sitzen am Tisch. Mit Genuß und gleichzeitigem Gefühl großer Verantwortung füttern sie ihre Riesenkörper. Dem einen steht der Overall bis zum Bauchnabel offen, der andere sitzt da im Unterhemd mit runtergelassenen Hosenträgern. Ihre geröteten Gesichter leuchten vor Zufriedenheit. Kaum haben sie Kapka erblickt, erscheint ein Ausdruck von Fröhlichkeit in ihren Augen.

»Du hast die Knäuel nicht zufällig bis zurück nach Liben verfolgt?« fragt der Koloß im Unterhemd. Der andere fängt an zu lachen. Als hätte er schon seit Jahren keinen besseren Witz gehört.

»Zufällig nicht«, sagt Kapka eisig. Ihr Ton und Gesichtsausdruck hätten jedem empfindsameren Menschen von weiteren Scherzen abgeraten. Der Goliath fließt jedoch nicht gerade über vor Einfühlungsvermögen. »Hau ordentlich rein«, fährt er heiter fort. »Heute nachmittag kannst du zuschlagen. Unten warten noch ein Klavier und eine Couch auf dich!«

Der Mann im Overall wiehert so los, daß ihm ein Knödel im Hals steckenbleibt. Sein rotes Gesicht läuft noch mehr an. Er beginnt, mit den Armen zu rudern, wirft seinen Körper vor und zurück und bewegt ruckartig den Kopf. Er kriegt wirklich keine Luft mehr. Der Kollege im Unterhemd erhebt sich und versetzt ihm einen solchen Schlag auf den Rücken, daß ihm nicht nur die Zigaretten aus der Brusttasche hüpfen und der Knödel aus dem Mund fliegt, sondern auch seine Zähne. Sie sausen an Mama vorbei, die

auf einem Stuhl steht und Teller in die Kredenz einräumt, und landen in einer gläsernen Puddingschüssel.

»Was ist denn das?« wundert sich Mama. Sie steht mit dem Rücken zum Tisch und hat so die Szene mit dem Knödel nicht sehen können. Sie hebt die Schüssel hoch und betrachtet den Inhalt mit ihren forschenden Ärztinnenaugen. »Das sind . . . «

»Das sind meine Tschäne, Schulligung!« Der Mann langt in die Schüssel und setzt ohne großes Tamtam seine Zähne wieder ein.

»Wo haben Sie denn die echten verloren?« fragt Kapka neugierig und vergißt dabei, daß sie auf die Packer böse ist. Mama wirft ihr einen ungehaltenen Blick zu. Damit will sie andeuten, daß man solche Fragen nicht stellt. Zumindest nicht außerhalb der Sprechstunde.

»Beim Fußballspielen«, antwortet der Packer bereitwillig. Wie es scheint, hat ihn die Frage in keiner Weise unangenehm berührt. »Zuerst haben sie mir den linken oberen Eckzahn ausgeschlagen. Ohne den konnte ich auskommen. Dann kam der Einser rechts oben an die Reihe, das war schon schlimmer. Und als ich dann bei dem Spiel mit Melnik – damals ging es um die Liga – alle übriggebliebenen Schneidezähne verlor, hab ich mir auch den zweiten Eckzahn ziehen und mir oben alles neu machen lassen. Man kaut gut damit, sie sind nur ein kleines bißchen lokker.«

»Das haben wir gesehen!« bemerkt der Riese im Unterhemd und steht auf. »Danke für die hübsche Soße, sie war ausgezeichnet! Also, wir räumen jetzt den Flur aus und schleppen das Piano hoch, oder, Gnädigste?«

»Kommen Sie, ich zeige Ihnen, wo es hinkommt.«

Mama springt vom Stuhl und führt die Männer ins Wohnzimmer. Kapka setzt sich an den Tisch.

»Hast du großen Hunger?« fragt Papa. »Einen Knödel oder zwei?«

»Drei.«

Der Vater stößt einen Pfiff aus. Bei Kapka ist er an solche Portionen nicht gewöhnt. Er stellt einen vollen Teller vor sie hin und setzt sich ihr mit einer Tasse Kaffee gegenüber. »Na, was hast du denn ausgekundschaftet?« fragt er.

»Nichts.«

»Jetzt hör aber auf. Wo bist du denn dann so lange gewesen?«

»Ich hab doch die Knäuel gesucht. Dabei habe ich in einem Haus eine Katze gefunden. Eigentlich ein Kätzchen. Ich habe auch eine ukrainische Fürstin kennengelernt. Sie hat Borschtsch gekocht. Aber ohne Hammelfleisch. Und ein Junge hat gesagt, daß er ein verrücktes Schwesterchen hat. Ach ja, und dann habe ich den Patron der Hexen gesehen, den heiligen Tadeasch!« Kapka beendet die Aufzählung ihrer Erlebnisse und beginnt mit Appetit zu essen.

»Und da sagst du, daß du nichts ausgekundschaftet hast? Du kennst schon fast die halbe Kleinseite*, während ich nur ein paar Sessel raufgetragen, eine Kiste Bücher ausgepackt und den Braten aufgewärmt hab. Ich weiß nicht mal, wer unsere Nachbarn sind!«

»Sie heißen Pour«, teilt Kapka bereitwillig mit. Vor einer Weile ist ihr das Türschild an der Tür gegenüber ins Auge gefallen. »Und sie haben einen Hund. Ich habe ihn hinter der Tür gehört. Glaubst du, sie leihen ihn mir zum Ausführen?«

* Stadtteil in Prag

»Bestimmt«, sagt Mama. Sie legt die Küchenuhr auf den Tisch. Ein Lächeln läuft über ihre Lippen.

»Worüber lachst du?«

»Nur so.« Mama lacht immer lauter und lauter.

»Sag mir das jetzt!« Kapka schäumt vor Wut. Sie erträgt es nicht, wenn jemand vor ihr Geheimnisse hat. »Gut, dann laß es eben!« schreit sie, als Mama nicht antwortet.

»Was ist denn in dich gefahren? Beruhige dich«, weist sie der Vater zurecht. »Iß das auf, wisch dir den Mund ab und geh in deinem Zimmer Ordnung machen. Schulsachen, Bücher, Spielzeug. Und dann ruf mich. Wir können dann zusammen die Bilder aufhängen.«

Kapka beugt sich schweigend über ihren Teller. Sie kann sich kaum beherrschen vor Wut. Die befällt sie immer, wenn die Eltern mit ihr wie mit einem Dreikäsehoch umgehen. Dabei ist sie mit ihren fast zwölf Jahren schon erfahren und reif. Zwar nicht uralt, aber schon lange nicht mehr wie ein Kind. Als sie heimlich im Umziehraum vor der Turnstunde den Brustumfang gemessen haben, war sie dieses Jahr zweite. Gleich nach Stella. Stella stammt jedoch aus einer alten Prager Konditorfamilie, und jedes Jahr verbringt sie einen Monat in einem Sanatorium für übergewichtige Kinder. Kapka weiß natürlich, daß es im Leben nicht nur auf die Brust ankommt. Sie liest ein Buch nach dem anderen, damit sie sich von allen Seiten über das Leben klar wird. Sie verschlingt sie im wahrsten Sinne des Wortes. Vor einer Woche hat sie Tom Sawyer durchgeakkert, jetzt sind die Musketiere dran. Allzu ausführliche Passagen überspringt sie. Sie hat's immer eilig. Sie geht ja auch noch zum Volleyball, zum Französischkurs und zum Schwimmen. In ihrer Freizeit lernt sie die Blindenschrift.

Das Problem liegt darin, daß sie sich bisher noch nicht entschieden hat, was sie werden will. Also probiert sie sicherheitshalber alles aus. Letztes Jahr hatte sie sich auch für einen Boxkurs eingeschrieben, aber beide Eltern waren dermaßen eindeutig dagegen gewesen, daß sie einen Rückzieher machen mußte. Aber sie ist entschlossen, so bald wie möglich ihren Führerschein zu machen. Eine noch größere Anziehungskraft als Autos haben Schiffe und Flugzeuge für sie. Vielleicht wird sie Pilotin. Oder Schiffsärztin. Einmal hat sie einen Film über Trapezkünstler gesehen. Auch eine solche Zukunft schließt sie für sich nicht aus.

»Das Fleisch, das du übrigläßt, ißt hinterher keiner mehr«, stört Papa sie in ihren Überlegungen.

»Das sind Sehnen.«

»Das könnte dir so passen - Sehnen!« Kochen ist Vaters Hobby. Er ist stolz darauf, daß er im Unterschied zu anderen Männern nicht nur gut, sondern auch gesund, frisch und wirtschaftlich kocht. Mama wiederum legt Wert auf Vitamine. Sie tauscht mit den Ärztinnen und Schwestern in der Klinik Rezepte aus. Möhrenpudding, Salat mit Lebertran, Spinatauflauf. Beim Verzehr ihrer Speisen befällt Kapka manchmal so ein Gefühl, als ob Blattwerk an ihr hochwüchse und Spargeltriebe aus ihren Ohren rausguckten.

»Hoffentlich ißt du das bald auf hier!«

Kapka sieht, daß der Vater böse wird. Schnell schiebt sie die weggelegten Stückchen Fleisch in den Mund und steht auf. Betont wischt sie sich den Mund ab. Wenn der Vater vergißt, wie alt sie ist, und mit ihr wie mit einem Kleinkind umgeht, benimmt sie sich auch so. Einen Moment lang spielt sie mit dem Gedanken, ob sie nicht anfangen soll, zu lispeln. Aber dann läßt sie es lieber. Sie könnte eine gewischt kriegen. Vater ist achtundvierzig, aber durch Altersmilde zeichnet er sich bis jetzt nicht aus. Er ist Bildhauer und Schnitzer. Er wirkt zierlich, in seiner Hand hat er jedoch ungeahnte Kräfte. Es ist besser, ihn nicht zu provozieren.

»Ich geh dann!« Kapka steuert auf die Diele zu. »Ich räum jetzt mein Spielzeug auf!« Beschwingten Schrittes verläßt sie die Küche. Sie wackelt sogar ein wenig mit den Hüften. Probeweise Blicke in den Spiegel haben ihr gezeigt, daß ihre Figur bei einer bestimmten Körperhaltung fast weiblich wirkt. Vor allen Dingen von hinten. Als sie aus dem Blickfeld der Eltern ist, hört sie auf, sich anzustrengen. Sie geht in ihr Zimmer und macht die Tür zu.

Das Zimmer ist klein, aber hell. Der größte Vorteil daran ist, daß es nur ihr gehört. In der alten Wohnung hatte sie kein eigenes Zimmer. Nur eine Ecke. Jeder ging auf dem Weg von der Küche ins Eßzimmer genau da durch, und sie kam sich wie in einer öffentlichen Passage vor. Dieses Zimmer hier wird sie für sich haben. Sogar abschließen kann sie es, wenn sie will. Der Vater hat ihr schon einen Teppich hineingelegt und die Möbel aufgestellt. Der Schreibtisch steht ganz am Fenster. Er weiß, daß es Kapka so am liebsten hat. In der Wohnung in Liben konnte sie die ganze Straße von ihrem Tisch aus überblicken. Sie machte ihre Hausaufgaben, lernte oder zeichnete, und dabei entging ihr nichts, was draußen passierte. Sie konnte sogar die Straßenbahnhaltestelle sehen, so daß sie selten den Augenblick verpaßte, wenn Mama aus der Arbeit kam. Wenn sie Mama mit vollen Einkaufstaschen aussteigen sah, rannte sie ihr entgegen.

Von hier aus kann sie nicht auf die Straße sehen. Das Fenster ist unter dem Giebel, und erst darunter fällt leicht schräg das Dach ab. Die Wohnung ist aus dem ehemaligen Dachboden entstanden. Kapka steigt auf den Tisch, und nun eröffnet sich ihr eine Aussicht auf Dächer, Galerien und die steilen Abgründe der Höfe. Bis zur Moldau kann sie nicht sehen. Der Giebel des Nachbarhauses, der aus einem Wald von Schornsteinen herausragt, versperrt ihr den Blick zu dem Fluß. Sie öffnet das Fenster. Das Dach darunter fällt so sanft ab, daß man ohne größeres Problem auf ihm herumlaufen könnte. Die Dachziegel sind trokken,das Schneewasser ist durch die Regenrinne abgelaufen. Kapka überlegt einen Moment. Sie würde sehr gerne ausprobieren, wie weit man auf dem Dach gehen kann. Sie ahnt natürlich, daß weder der Vater noch die Mutter mit dieser Art von Touristik einverstanden wären. Aber ihre Neugierde ist stärker als Gehorsam oder Angst. Sie ist die stärkste Antriebskraft bei allen ihren Unternehmungen.

Sie hält sich am Fensterrahmen fest und steigt auf das Dach. Eine Sekunde später merkt sie, daß sie Pantoffeln anhat. Mama hat sie ihr zu Weihnachten gehäkelt. Aus roter Wolle. Kapka zögert. Sie ist nicht dumm. Sie weiß, daß Pantoffeln für Gipfeltouren nicht gerade das geeignete Schuhwerk sind. Außerdem möchte sie auch nicht gerne, daß sie kaputtgehen. Aber sie ist zu faul, um zurückzukehren. Sie macht zwei prüfende Schritte, möchte sich überzeugen, ob sie auf den glatten Dachziegeln nicht ausrutscht. Es geht. Gleichzeitig erinnert sie sich an etwas, was sie vor nicht allzu langer Zeit in einer Zeitschrift für Mädchen gelesen hat. Daß Rot wenig schmutzempfindlich ist. Sie entschließt sich, dem Autor des Artikels zu glauben.

Sie geht an ihrem Fenster entlang. Die Tiefe unter sich ignoriert sie. Sie sieht sie nicht einmal. Sie guckt vor sich hin, dorthin, wo die Mauer ihrer Mansardenwohnung im rechten Winkel abknickt. Beim Gehen hält sie sich an der Regenrinne fest. Es geht besser, als sie erwartet hat. An der Ecke richtet sie sich auf. Das flache Blechdach des eigenen Zimmers reicht ihr gerade bis zur Taille. Sie schwingt sich hinauf und setzt sich hin. Erst jetzt gestattet sie sich, sich umzusehen. Der Blick verschlägt ihr den Atem. Einen Moment lang bleibt sie, ergriffen von dieser Pracht, bewegungslos sitzen. Sie atmet fast nicht, eine seltsame Beklommenheit schnürt ihr den Hals zu. Wie eine geöffnete Handfläche liegt das Tal der Kleinseite unter ihr. Im Osten beschneidet es der Fluß mit einem lieblichen Bogen, an den übrigen Seiten fallen sanfte und auch steile Abhänge hinab, an deren Gefälle alte Häuser emporklettern. Sie erinnern an Fußballspieler nach einem anstrengenden Spiel.- Das eine hinkt, das andere hält sich gerade noch an den Beinen, das dritte lehnt sich an einen Kameraden an, das hier ist ein breitschultriger Kerl, das da ein Winzling, dem da hängen die Kleider in Fetzen vom Leib, und es ist ganz verschrammt, und dieses da wiederum schreitet so aus, als ob es von seinen Erfolgen erzählen wollte.

Kapkas Augen hüpfen zur Spitze des Veitsdoms hinüber, von der es gerade drei geschlagen hat. Der bronzene Ton gleitet über die Dächer, bricht sich an den Giebeln der Häuser und klingt erst irgendwo am anderen Ufer aus. In das Läuten ist ganz in der Nähe eine andere Glocke eingefallen, eine kleinere und schrillere. Die Tauben, die auf den Simsen und Regenrinnen sitzen, steigen aufgescheucht in die Luft und fliegen mit lautem Flügelschlagen davon.

Kapka reißt den Blick von der Landschaft der Kuppeln los und richtet ihre ganze Aufmerksamkeit auf ihre Umgebung. Sie sitzt jetzt auf dem höchsten Punkt des Hauses.- Wenn sie wollte, könnte sie bequem auf dem Dach ihrer Wohnung spazierengehen, es ist flach wie eine Terrasse. Auch Rollschuh fahren könnte man hier, wenn es am Rand ein Geländer gäbe. Kapka steht auf und macht sich leise, damit die Eltern unten ihre Schritte nicht hören, an die Erkundung des entdeckten Gebietes. Der kalte Wind, der hier oben bläst, dringt durch ihren Baumwollpulli. Sie bekommt am ganzen Körper eine Gänsehaut. Durch seine Heftigkeit treibt der Wind ihr Tränen in die Augen, gleichzeitig aber trägt er den Duft der erwachenden Erde aus den Laurenzigärten zu ihr herüber. Es ist aufregend. Als ob gerade Kapka dazu ausersehen wäre, hoch über der Stadt in diesen einsamen Windeshöhen die erste, noch unbestimmte Botschaft des Frühlings entgegenzunehmen.

»Huuiiit!« hört sie auf einmal ein Pfeifen hinter sich. Sie dreht sich um. Aus dem Dachfenster des Nachbarhauses lehnt sich ein junger Mann mit einem gelben Schal und winkt ihr zu. Kapka macht ein paar unsichere Schritte in seine Richtung, dann fällt ihr ein, daß es verboten ist, auf dem Dach herumzuspazieren und daß der junge Mann sie darauf aufmerksam machen will. Er sieht zwar nicht aus wie ein Moralprediger, eher ein bißchen wie ein Dichter, aber der Schein trügt manchmal! Kapka entschließt sich dazu, sicherheitshalber einen Hörfehler vorzutäuschen.

»Was machst du da?« fragt der junge Mann.

»Was?«

»Ich hab gefragt, was du da treibst!« schreit der junge Mann so laut, daß sie es nicht mehr überhören kann.

»Ich geh spazieren.«

»Und du suchst nicht zufällig was?«

»Was?«

»Ob du nichts suchst?«

»Was sollte ich denn suchen?«

»Zigaretten vielleicht.«

»Zigaretten? Auf dem Dach?« Kapka betrachtet den jungen Mann aufmerksam. Sie neigt eindeutig zu der Annahme, daß er ein Dichter ist. Seine unlogischen Fragen, der Schal um den Hals und sein leicht verwirrter Gesichtsausdruck deuten darauf hin.

»Ich dachte, du hättest mich gesehen, als ich sie rausgeworfen hab.«

»Sie haben Zigaretten rausgeworfen? Warum denn?«

»Ich wollte aufhören zu rauchen«, erklärt der junge Mann. »Sind sie da irgendwo?«

Das Mädchen sieht sich um.

»Sie sind da beim Schornstein hingefallen!«

Der Schornstein ist in der Mitte des Dachs. Umhüllt von grauen Rauchschwaden. Kapka geht auf ihn zu. Sie bewegt sich bereits auf dem Dach, als sei sie dort aufgewachsen. Mit einer ungezwungenen Selbstverständlichkeit. Als sie noch etwa einen Schritt vom Schornstein entfernt ist, erblickt sie eine Papierschachtel, die mit Taubenmist beschmutzt ist. Zwei Zigaretten sind herausgefallen und liegen ein Stück weit weg. Sie steckt sie ein. Für alle Fälle. Dann dreht sie sich zum Fenster um, die Zigarettenschachtel in der Hand.

»Ausgezeichnet! Ich wußte doch, daß sie da sind! Und jetzt wirf sie mir rüber! «

»Warum?« stellt sich Kapka begriffsstutzig.

»Warum nicht? Das sind meine Zigaretten.«

»Wollen Sie nicht mehr aufhören zu rauchen?«

»Wollen schon. Aber es geht nicht.«

»Dann müssen Sie sich ein bißchen anstrengen«, redet ihm Kapka zu. »Meine Urgroßtante hat auch eine nach der anderen geraucht. Sogar in der Nacht ist sie zwei- oder dreimal aufgewacht, weil sie es im Schlaf ohne Zigaretten nicht aushalten konnte!«

»Und wie hat sie es sich abgewöhnt?«

»Überhaupt nicht. Sie ist gestorben. Der Doktor hat gesagt, daß, wenn diese Raucherei nicht gewesen wäre, sie uns noch zehn Jahre erhalten geblieben wäre«, schließt Kapka, ohne zu verraten, daß die erwähnte Urgroßtante zum Zeitpunkt ihres Ablebens glatte achtzig Jahre alt war.

»Weißt du was? Diese Lehrstücke über Lebenstragödien kannst du für dich behalten. Irgendwann wirst du sie sicher mal brauchen können!«

Kapka zuckt mit den Schultern. Es ist erwiesen, daß es besser ist, sich mit Erwachsenen nicht zu streiten. Angelehnt an das warme Gemäuer des Schornsteins hebt sie das Gesicht in die Höhe. Die Sonne, die sich vormittags ein wenig erwärmt hatte, verliert schnell an Farbe und Kraft. Gleichgültig und kühl sieht sie vom Himmel herab. Es beginnt kalt zu werden.

»Wirfst du sie mir jetzt rüber oder nicht?« Er wird schon böse. Auf seiner linken Wange zuckt es, der rechte Mundwinkel zieht sich zur Seite.

»Ja, ja.« Kapka löst sich vom Schornstein. »Aber ich weiß nicht, ob ich bis dahin werfen kann.« Mit sicherer Entfernung zum Dachrand kommt sie näher. Sie mißt mit den Augen die Breite des Innenhofs ab. Sein Fenster liegt etwas höher als ihr Kopf. Da hineinzutreffen ist ein Kinderspiel für sie. Bei Ballspielen ist sie immer Mannschaftskapitän. Vor dem jungen Mann stellt sie sich absichtlich tolpatschig an. Sie holt aus, beugt ihren Körper vor und kneift die Augen zusammen. Dann hebt sie sich noch auf die Zehenspitzen. Sie weiß, daß sie in dieser Haltung besonders ungeschickt aussieht.

Der junge Mann verdreht die Augen. »Hol anständig aus!« schreit er ihr zu. »Du hältst das, als würdest du dir daran die Finger verbrennen.« Es ist ihm vom Gesicht abzulesen, daß er schon aufgegeben hat. Er hat sich damit abgefunden, daß seine Zigaretten irgendwo auf dem Hof enden.

»Soll ich sie Ihnen ins Zimmer oder direkt in die Hand werfen?« fragt Kapka.

»Versuch sie wenigstens ungefähr in meine Richtung zu werfen.« Die ironische Antwort beleidigt sie nicht.

»Ich werfe sie lieber ins Zimmer«, entscheidet sie. »Wenn ich Sie so ansehe – Sie würden sie wahrscheinlich nicht fangen, Sie Dichter.« Nach langatmigen Vorbereitungen holt sie auf einmal blitzschnell aus. Bevor sich der junge Mann besinnt, liegt ihm die Schachtel zu Füßen. Er hebt sie auf. Einige Zigaretten sind herausgefallen, er steckt sie zurück in die Schachtel. Als er sich wieder zum Fenster hinauslehnt, ist Kapka über alle Berge.

»Danke!« ruft er ihr hinterher.

»Gern geschehen«, erklingt es von irgendwoher weiter unten. »Guten Appetit! Und Vorsicht – Taubenmist!« Ihre letzten Worte sind von Gekicher begleitet, das im Wind schnell schwächer wird.

Kapka hängt sich ihre Schultasche um und läuft die Treppe hinunter. Als sie sich gegen das Schultor stemmt und den Kopf auf die Straße hinaussteckt, kitzelt es sie in der Nase. Sie niest. Gleich ein paarmal hintereinander. Nach dem Halbdunkel im Schulflur trifft sie die Flut des Sonnenlichts zu heftig. Die letzten Strahlen schießen auf die Fassade der Schule, den engen Bürgersteig und die Telefonzelle. Sie spiegeln sich in den Fenstern und Schaufenstern wider. Es sieht so aus, als ob die ganze Straße brennen würde.

»Tschüs, tschüs«, erklingt es von überall her. Das Gewimmel von Schülern löst sich rasch auf. Für Kapka gilt keins der zahlreichen Tschüs'. Nach dem ersten Tag ist sie noch fürchterlich neu. Die Mitschüler gehen an ihr vorbei wie an einem frisch gestrichenen Geländer. Einerseits amüsiert es sie, andererseits macht es sie nervös. Für alle Fälle hat sie ein rätselhaftes Gesicht aufgesetzt.

Sie geht um die Ecke, überquert die Straße und tritt unter die Arkaden, die den Kleinseitner Platz von drei Seiten her einrahmen. Zu dieser Tageszeit wimmelt es hier von Menschen und Autos. In der Ecke gegenüber setzt gerade ein riesiger Lastwagen mit Anhänger zurück, der versucht hatte, in eine enge Straße einzubiegen. Er hat ein holländisches Kennzeichen. Der Fahrer wollte anscheinend den Weg durch die Stadt abkürzen und hatte nicht mit der barocken Überführung gerechnet, die sich in nur drei Metern Höhe über die Fahrbahn spannt. Er lehnt sich aus dem Fenster, dreht das Steuer und wendet gekonnt die Riesenraupe im engen Raum zwischen den gespreizten Säulen der Arkade. Kapka beobachtet ihn gespannt. Als sich das zwanzig Meter lange Ungeheuer endlich umgedreht hat, wendet sie sich ab und schreitet unter den Arkaden entlang.

»Hallo!«

Sie dreht sich um. Hinter ihr steht ein kleines Mädchen mit Augen wie Blaubeeren. Sie hat ihren Blick auf Kapka gerichtet. Es gibt keinen Zweifel, daß der Gruß wirklich ihr gilt.

»Hallo«, antwortet Kapka zögernd. Sie erinnert sich nicht, das Mädchen schon irgendwo gesehen zu haben.

»Wir gehen zusammen in eine Klasse. Ich sitze in der ersten Reihe gleich am Fenster!«

Kapka zieht die Brauen hoch, als ob sie sich gerade erinnert hätte. Natürlich erinnert sie sich nicht. Aber sie ist froh, daß das Mädchen sie angesprochen hat. »Wie heißt du?«

»Teresa.«

»Ich Kapka.«

»Wirklich Kapka?« Das Mädchen reißt ungläubig die Augen auf. Sie nehmen die Hälfte ihres Gesichtes ein. »Als die Lehrerin das gesagt hat, dachte ich, ich hätte mich verhört.«

»Was ist denn daran so besonders?« Kapka zuckt die Achseln. Sie hat sich an ihren Namen schon gewöhnt, er erscheint ihr wie jeder andere.

»Er gefällt mir. Ich kenn nur niemanden, die auch so heißt.«

»Ist das ein Fehler?«

»Ich würde auch gerne anders heißen«, gibt Teresa zu. »Irgendwie besonders. Zum Beispiel Polonaise.«

»Polonaise? Das ist ein Tanz, oder?«

Teresa nickt. Sie breitet die Arme aus. Mir nichts, dir nichts beginnt sie, auf dem Bürgersteig kleine Tanzschritte vorzuführen. »Padadamm damm dada damm«, summt sie dabei, ohne die Vorbeigehenden zu beachten, die sich nach ihr umdrehen.

Kapka wird rot. Übermäßige Aufmerksamkeit von seiten ihrer Umgebung war ihr schon immer etwas unangenehm. Teresa hingegen scheint Gefallen daran zu haben. Sie dreht und wendet sich, macht Ausfallschritte zur Seite, und mit den Fingerspitzen hebt sie die nicht vorhandene Krinoline. »Damm dada damm ...«

»Wenn du groß bist, kannst du dich umbenennen lassen«, schlägt Kapka vor. Sie sagt es vor allen Dingen, um Teresas Hopserei zu beenden. »Du gehst auf ein Amt, füllst was aus, bezahlst was, und ab dem Moment heißt du zum Beispiel Kleopatra!«

Teresa hört auf zu tanzen. Sie stößt einen Seufzer aus. Kapkas Information hat sie nicht im geringsten erheitert. »Dann müßte ich gleichzeitig auch heiraten. Oder meinen Nachnamen auch ändern.«

»Wieso, wie heißt du denn?«

»Rapplig«, antwortet sie betrübt.

Kapka sieht sie mitleidig an. Wortlos. Sie fühlt, daß hier jeder Trost vergebens ist.

Schweigend gehen sie die Südseite des Platzes hinauf, an den Bürgerhäusern entlang, von denen aus die Prager vor langer Zeit einmal die Krönungsumzüge der böhmischen Könige beobachtet haben. Sie kommen an der geöffneten Tür eines Gasthauses vorbei, aus dem ein säuerlicher Biergeruch zieht, sie passieren einige kleine Geschäfte und

Weinstuben, die versunken in der Dämmerung der Arkaden liegen, und bleiben vor einem breiten Tor stehen. ORPHEUS steht auf einem Schild.

»Gehst du mit?« fragt Teresa.

»Wohin?«

»Zu meiner Mutter. Sie arbeitet hier im Theater als Buchhalterin. Und ich hab hier gleich Probe.«

»Was für eine Probe?«

»Was wohl für eine Probe im Theater?!«

»Du spielst in einem Stück mit?« staunt Kapka.

»Noch nicht. Aber bald.« Sie lehnt sich gegen das schwere Tor. »Wenn du mitkommen willst, dann komm.« Sie nickt Kapka zu. »Aber du darfst es keinem in der Klasse weitersagen.«

»Warum?«

»Warum, warum!« erwidert Teresa heftig. »Weil du unsere Klassenlehrerin noch nicht kennst. Letztes Jahr hab ich in einem Märchen im Fernsehen mitgespielt. Danach konnte ich es einen Monat in der Schule nicht mehr aushalten! Weißt du, wie sie mich aufgerufen hat? »Unser Fernsehstar wird uns jetzt sagen, wieviel ein Drittel von vierundfünfzig ist!« Und wenn ich einen Fehler gemacht hab oder eine Hausaufgabe vergessen hab, hat sie immer gelächelt: »Von wegen Bruchrechnung! Von wegen Rechtschreibung! Teresa sieht sich schon in Hollywood! Mit unseren irdischen Sorgen können wir sie doch nicht belästigen!« Sie wirft den Kopf nach hinten, tritt in eine breite Einfahrt und geht über einen gewundenen Hof. An einer Tür, hinter der das Hämmern einer Schreibmaschine zu hören ist, bleibt sie stehen.

»Kommst du jetzt, oder nicht?« ruft sie ungeduldig.

»Und wenn sie mich rausschmeißen?«

»Wer sollte dich denn rausschmeißen? Ich sage Jajin, daß du mein Zuschauer bist!« Sie drückt auf die Türklinke und steigt ein paar Stufen in einen ziemlich kleinen gewölbten Raum hinunter. Gleich gegenüber der Tür sitzt eine beleibte Frau hinter einem Schreibtisch. Sie hat eine Brille auf, im Mundwinkel hängt eine nicht angezündete Zigarette. Den Blick hat sie auf ein Blatt Papier vor sich gerichtet. Ihre Finger bewegen sich mit einer solchen Geschwindigkeit auf der Tastatur, als hätte sie sich entschlossen, Funken aus der Schreibmaschine herauszuschlagen, um sich die vorbereitete Zigarette anzuzünden.

»Jajaja!« schreit sie, als die Mädchen hereinkommen. Ohne aufzusehen. »Es brennt doch nicht!« Nach ein paar weiteren Sekunden wilden Hämmerns zieht sie das Papier mit einem Ruck aus der Maschine und hebt die Augen. »Ach, du bist es!« sagt sie überrascht. »Warum gibst du denn keinen Ton von dir? Ich dachte, jemand wollte schon diese Rechnung haben.« Sie legt das Papier in eine Mappe und steht auf. Erst jetzt entfaltet sich ihre Figur, die mit keiner Konfektionsgröße mehr was zu tun hat, in ihrer ganzen Pracht.

Kapka reißt die Augen auf und schluckt den Gruß, der ihr auf der Zunge lag, hinunter. Für sie ist es ein unlösbares Rätsel, wie sich eine Person von solchen Ausmaßen überhaupt durch die enge Tür hier hereinquetschen konnte, ohne dabei ein Stück Wand mitzunehmen.

»Das ist Kapka Hujar«, sagt Teresa. »Und das ist meine Mama.« Sie sagt es mit einer solchen Zärtlichkeit, als spräche sie von einem drei Tage alten, hilflosen Kätzchen.

Die Frau schiebt sich ihre Brille in die Haare und schüttelt Kapka die Hand. »Rapplig«, stellt sie sich vor. Worauf sie mit einer Heftigkeit, die ihrem Namen alle Ehre macht, den Kopf nach hinten wirft und eine Hand vor den Mund schlägt.

»Warte mal!« ruft sie. »Ist dein Vater nicht zufällig Bildhauer?«

»Kennen Sie ihn?«

»Und ob! Wir sind zusammen zur Schule gegangen!« schreit die Frau erfreut. »Dann hab ich ihn für einige Zeit aus den Augen verloren, bis ich einmal bei einer Freundin zwei seiner Statuen gesehen habe. Wahnsinnig! Einfach phantastisch!«

Kapka tritt verlegen von einem Bein aufs andere. Wenn jemand Papas Arbeit lobt, freut sie sich, gleichzeitig schämt sie sich jedoch auch aus unerfindlichen Gründen ein wenig. Sie weiß nie, was sie sagen soll. Aber die Frau erwartet auch keine Antwort. Sie ist anscheinend daran gewöhnt, Monologe zu führen.

»Micha Hujar!« wiederholt sie für sich, und ihre Augen schweifen in irgendwelche Erinnerungen ab. »Er war immer so klein, mager und still. Ist er immer noch so?«

Kapka zuckt mit den Schultern. Im Vergleich mit Teresas Mutter wirken nicht nur ihr Vater, sondern die meisten Leute, die sie kennt, wortkarg und unterernährt.

»Da muß ich ihn ja mal besuchen gehen! Wo wohnt ihr denn?«

»Auf dem Uvoz. Bei der goldenen Schlange. Die Wohnung ist ganz oben unterm Dach, aber sein Atelier hat Papa im Erdgeschoß. Das war auch der Hauptgrund, warum wir umgezogen sind.« Während sie spricht, sieht sie die alte Garage in Liben vor ihren Augen, wo Vater seine Werkstatt hatte. Sie war geräumig gewesen, aber so kalt, daß man sie mit keiner Heizung warm kriegte. In den Wintermonaten mußte der Vater seine Arbeit mit nach Hause nehmen, und das duftende Holz, zusammen mit dem trocknenden Harz verwandelten die ganz normale Mietwohnung in ein Waldreich. Vielleicht war es auf den ständigen Duft ätherischer Öle zurückzuführen, daß Kapka vor Gesundheit nur so strotzte, während die meisten ihrer Mitschüler von November bis März schnieften, husteten und an allen möglichen Arten von Grippe erkrankten. Den ganzen Winter über verpaßte sie keine einzige Stunde. Von der von Mama professionell gefüllten Hausapotheke wurde höchstens Leukoplast gebraucht – für Kapkas ewig abgeschürfte Knie und Papas Finger, in die er sich ab und zu schnitt.

»Ich bin vielleicht eine Gans! Fast hätt ich's vergessen!« Frau Rapplig dreht sich um und zieht aus dem kleinen Schrank hinter sich einen Teller mit Schnittchen hervor. »Ich war gerade eben beim Stehimbiß«, zwinkert sie verschwörerisch. »Greift zu! Sie sind ganz frisch.«

Um mit gutem Beispiel voranzugehen, nimmt sie gleich ein Brot mit Schinken. Teresa legt auch gleich los. Mit einer Hand schnappt sie sich ein Brot mit Ei, mit der anderen eins mit Käse und beißt ganz ungeniert, als ob diese Art zu tafeln völlig normal wäre, abwechselnd von beiden ab.

Kapka zögert. Nach den Regeln einer richtigen Ernährung, die Mama ihr seit der Kindheit eingeimpft hat, ist der Verzehr von belegten Broten kurz vor dem Mittagessen äußerst ungesund, ja sogar direkt lebensgefährlich. »Danke, ich werde zu Hause Mittag essen«, sagt sie widerstrebend, den Blick, wie von einem Magneten angezogen, auf den Teller mit den belegten Broten gerichtet. Was sie auch immer macht, sie kann ihre Augen nicht davon losreißen. Zwischen Eier-, Käse- und Schinkenbroten hat sie auch ein paar mit Hummer erblickt. Hummer gehört zu ihren Lieblingsspeisen. Einmal hat sie auf Papas Geburtstag acht Hummerbrötchen hintereinander verputzt.

»Mittagessen! Haha, du bist gut!« lacht Frau Rapplig mit vollem Mund. »Glaubst du, wir essen nicht zu Mittag? Die paar Häppchen hier!« Sie spricht so überzeugend, und die Bissen verschwinden mit einer solchen Ungezwungenheit in ihr, daß Kapka nicht widerstehen kann.

»Na ja, dann nehm ich auch eins«, murmelt sie und streckt die Hand aus. In dem Augenblick, als sie in ihr Brot beißt, ertönt von unten Musik.

»Die Probe! Sie fangen schon an!« Teresa leckt sich schnell die Mayonnaise von den Fingern und gibt Mama einen Kuß auf die Wange. »Halt mir die Daumen! Vor allen Dingen mit diesem Schiffahrtsgesellschaftskapitän! Wenn ich das wieder verpatze, schneide ich mir die Zunge ab!«

Sie packt Kapka am Ärmel und zieht sie zu einer kleinen Tür, die Kapka bis dahin nicht bemerkt hatte. Sie führt zu einer Treppe, die sich wie ein enger Trichter in einen Keller hinunterwindet, aus dem goldgetöntes Licht heraufscheint. Da ist wohl auch die Quelle der Musik, deren Lautstärke von Stufe zu Stufe zunimmt. Kapka verschlingt hastig den Rest des Brots und eilt hinter Teresa her.

Unten endet die Treppe in einem weiß ausgemalten, ebenfalls gewölbten Raum, der früher ohne Zweifel als Keller gedient hat. Jetzt steht in der einen Ecke eine Bar, davor ein paar Hocker, an den Wänden hängen Bilder. Kapka geht langsamer, um sie sich anzusehen, aber Teresa zieht sie weiter.

»Die hängen noch zwei Monate hier«, informiert sie Kapka mit Kennermiene. »Und außerdem ist es Geschmiere. Jajin hat sie nur aufgehängt, um Veronika eine Freude zu machen!«

»Was für ein Jajin? Und wer ist Veronika?«

Statt zu antworten, schiebt Teresa Kapka in einen Saal. Er ist lang und schmal, mit einer kleinen Bühne, die von einem einzigen Scheinwerfer beleuchtet wird. Am Klavier sitzt ein Mann und spielt den Radetzkymarsch. Kapka kennt das Stück sehr gut. Als ihr Bruder Michael noch zu Hause gewohnt hat, hat er es immer im Badezimmer beim Rasieren gepfiffen.

»Das ist Jajin«, flüstert Teresa Kapka ins Ohr. »Der Chef. Er regiert, schreibt, spielt, komponiert und liebt Veronika. Warte, gleich siehst du sie, sie kommt immer zu spät!« Sie verstummt und tritt an den Rand des Lichtkegels. »Hallooooh!« schreit sie.

Der Mann am Klavier zuckt zusammen. Er hebt den Kopf. Sein Gesicht ist Kapka nicht unbekannt. »Grüß dich, Teresa!« Er nimmt die Finger von den Tasten und blinzelt ins Dunkle. »Wen hast du denn da mitgebracht?«

»Das ist Kapka. Aus meiner Klasse.«

Der Mann steht auf. Ein gelber Schal windet sich wie eine Schlange um seine Schultern.

Plötzlich geht Kapka ein Licht auf. »Na, haben Sie sich gestern nett eine angezündet?« fragt sie.

Jajin springt von der Bühne und mustert sie prüfend. Seine magere, leicht gekrümmte Figur erinnert an einen Kleiderbügel. »Gestern? Eine angezündet?« wiederholt er. Da blitzt es in seinen Augen auf. »Sieh mal einer an, das ist ja ein Zufall!«

»Ihr kennt euch?« Teresas Blick wandert von einem zum anderen. »Woher?«

»Vom Dach.«

»Vom Dach?«

»Da staunst du, was? Leute kann man überall treffen. Kapka und ich haben uns auf dem Dach kennengelernt«, erklärt Jajin. Er richtet seine aufmerksamen Augen wieder auf Kapka. »Du kannst gut werfen. Was kannst du denn noch gut?«

Er spricht so, wie Erwachsene mit Kindern normalerweise nicht sprechen. Ernsthaft. Man merkt, daß das Gespräch für ihn keine Zeitverschwendung ist, sondern daß ihn die Antworten auf seine Fragen wirklich interessieren.

»Ich kann schweigen«, sagt Kapka plötzlich verlegen. »Papa behauptet, daß das eine Kunst ist. Besonders bei Frauen.«

Jajin fängt an zu lachen. Seine Vorderzähne stehen schief wie umgefallene Zaunlatten. Überhaupt scheint er ein bißchen ungleichmäßig zu sein. Die linke Schulter ist geringfügig höher als die rechte, und wenn er lacht, geht sein rechter Mundwinkel nach oben, während der linke an seinem Platz bleibt. Auch seine Augen – als ob jedes eine andere Farbe hätte. Das linke hat einen Stich ins Grüne, das rechte ins Braune.

»Ich stimme deinem Vater zu», sagt er, »hundertprozentig.« Er blickt auf die Uhr. Von der Uhr auf Teresa. »Veronika kommt heute etwas später. Sie mußte zum Arzt.«

»Also ist keine Probe?« fragt Teresa enttäuscht.

»Wir machen den letzten Akt, wo wir weder dich noch Veronika brauchen. Aber ihr könnt hierbleiben und zugukken. Wenigstens könnt ihr mir dann sagen, was nichts getaugt hat.« Er lacht mit dem rechten Mundwinkel, blinzelt mit dem linken Auge und springt dann auf die Bühne. »Angefangen!« ruft er. »Hanka, Milan, der letzte Akt! Die Großmutter ist gestorben, die Feier ist in vollem Gange, los!«

»Komm, wir setzen uns«, flüstert Teresa.

Aber Kapka hat es auf einmal eilig. Auf Jajins Uhr hat sie gesehen, daß es schon fast zwei ist. »Ich muß jetzt gehen. Papa denkt sonst, daß ich mich auf dem Rückweg von der Schule verlaufen habe, und fängt noch an, mich zu suchen. Tschüs!« Sie hängt sich ihre Schultasche um.

»Du bist doch kein Kleinkind! Bleib wenigstens noch einen kleinen Moment!« zischt ihr Teresa zu. »Ich bring dich dann nach Hause.«

Aber Kapka läßt sich nicht überreden. Sie kennt ihren Vater. Sie kann sich noch lebhaft daran erinnern, wie er vorletztes Jahr eine Fahndung der Polizei in Gang gesetzt hatte, als sie statt zur Gymnastik mit einigen Nachbarsjungen zur Moldau gegangen war, um zu angeln. Den Empfang, den er ihr daraufhin bereitet hatte, als sie spätabends siegesstrahlend mit einem fipsigen Weißfisch nach Hause gekommen war, wird sie im Leben nicht vergessen. Nicht unbedingt wegen der Tracht Prügel, die er ihr damals aus erzieherischen Gründen verabreicht hatte, sondern eher wegen der Tränen, die er zwar zu verbergen suchte, die sie aber trotzdem in seinen geröteten Augen erblickte. Tränen der Erleichterung nach der überstandenen Angst. Davon will sie Teresa nichts erzählen. Dafür kennt sie sie zu kurz. Sie winkt daher nur versöhnlich ab und geht aus dem dunklen Saal.

Die Glastür zum Atelier ist geschlossen. Eine kahle Akazie und die Bank auf der gegenüberliegenden Seite spiegeln sich in ihr. Kapka drückt ihr Gesicht gegen die Scheibe. Aus dem Halbdunkel des Raumes lösen sich die Gesichter von Vaters Statuen. Die Tür des kleinen Ofens in der Ecke steht halb offen, im Aschekasten glühen ein paar Kohlen. Der ganze Raum wirkt gemütlich und so bewohnt, als hätte der Vater hier schon immer gelebt und gearbeitet. Auch sein altes Sofa steht in der Ecke. Kapka kann Papas Rücken in einem alten Wollpullover darauf erkennen.

Sie drückt die Türklinke herunter. Als sie die Tür aufmacht, fängt ein kleines Glöckchen an zu bimmeln.

»Wawawas?« richtet sich der Vater auf der Couch auf.

»Ich bin's.«

Kapka kommt es komisch vor, daß sich Papa tagsüber hingelegt hat und, wie es scheint, sogar döst. Das ist bei ihm sonst nicht üblich. Er hat ein so geringes Schlafbedürfnis, daß er morgens normalerweise schon um sechs aufsteht und frische Brötchen zum Frühstück holt, während er abends, wenn Kapka schlafen geht, noch mitten in der Arbeit steckt. Es ist etwas erschreckend, ihn am hellichten Tag ausgestreckt auf der Couch zu sehen.

»Fehlt dir was?«

»Was sollte mir fehlen?« brummelt er und reibt sich verschlafen die Augen. »Die Hitze macht einen müde. Ich darf nicht soviel heizen.« Er steht auf und macht die Ofentür zu. Dann guckt er auf die Pendeluhr an der Wand. Der verschlafene Ausdruck auf seinem Gesicht schwindet mit einem Schlag. »Aha, sieh mal einer an«, sagt er. »Wo sind wir denn so lange gewesen? Der Unterricht war doch um eins zu Ende, falls ich mich nicht irre.«

»Ich habe eine ehemalige Mitschülerin von dir kennengelernt«, antwortet Kapka schnell. »Sie heißt Rapplig und wird dich besuchen. Ich hab ihr gesagt, wo wir wohnen.«

»Rapplig? Wie sieht sie denn aus?«

»Wie...« Kapka sucht einen passenden Vergleich: »... wie eine ordentlich aufgeblasene Matratze.«

»Franziska! Das ist sicher Franziska! Wir haben sie immer 'Stute' genannt! Und die heißt jetzt Rapplig? Das paßt zu ihr. Sie war immer ein bißchen verrückt. Aber sonst ein sehr nettes Mädchen!«

Kapka prustet los. Die Bezeichnung Mädchen findet sie angesichts der Körperproportionen und des Alters von Teresas Mama witzig. Der Name Stute erscheint ihr viel passender. Gerne würde sie den Vater fragen, aus welcher Klasse sie sich eigentlich kennen, wie Teresas Mama in der Schule war, ob sie befreundet waren und ob sie sich gegenseitig haben abschreiben lassen. Aber von Papas Gesicht kann sie ablesen, daß er keine Lust zum Schwatzen hat. Er reicht Kapka den Wohnungsschlüssel.

»Mach dir das Mittagessen warm«, sagt er, »und mach deine Hausaufgaben.«

»Wir haben keine.«

»Gut«, nickt der Vater, »ich sehe sie dir dann nach.« Er hört ihr überhaupt nicht zu. Er hat die Schreibtischlampe angeknipst und ein grob bearbeitetes Stück Holz vor die Augen gehoben. Nachdenklich dreht er es zwischen seinen Fingern. »Ein buckliger Alter«, murmelt er dabei, »mit schiefem Blick.«

Kapka zieht sich zurück. Sie weiß, wenn Vater in Gedanken vertieft ist, hat es keinen Sinn, ihm Fragen zu stellen. Sie macht die Tür hinter sich zu und tritt durch die Haupteingangstür ins Haus. Sie schnuppert. Das ist eine alte Angewohnheit von ihr. Sie prägt sich einen Ort hauptsächlich durch seinen Geruch ein. Das Haus in Liben roch nach Milch. Im Erdgeschoß war ein Milchgeschäft, und tagtäglich wanderten Kästen mit Quark, Milch und Käse durch den Durchgang zum Lager auf dem Hof. Hier riecht es nach Alter. Als ob die uralten Mauern, Treppen, Geländer und Wohnungstüren einen Geruch ausströmten - von Zeiten, die vergangen, Schritten, die verklungen, und Leben, die beendet sind. Ruhe herrscht hier. Als sie nach oben steigt, streicht sie über das Geländer, das durch die Berührung Hunderter von Handflächen einen matten kastanienfarbenen Glanz erhalten hat.

Auf einmal öffnet sich im Zwischengeschoß mit lautem Knarren eine Tür.

»Ich hab jemand im Treppenhaus gehört«, ertönt eine krächzende Stimme aus der Wohnung. Gleich darauf erscheint deren Besitzerin auf der Türschwelle, eine zierliche, gekrümmte Alte.

»Guten Tag«, grüßt Kapka.

»Wer bist du?« krächzt die Frau. Sie mustert Kapka mit scharfem Blick. »Dich kenne ich nicht!«

»Kapka Hujar«, antwortet Kapka höflich. Sie fühlt, wie eine starke und unbegreifliche Abneigung in ihr aufsteigt.

»Hujar? Die Neue von oben, was?«

Kapka nickt. Sie weiß nicht, warum, aber irgendwie stößt sie die Frau ab. Vielleicht durch ihre krächzende Stimme. Oder durch den verkniffenen Blick, mit dem sie Kapka mustert. Oder durch ihre knochigen Hände mit den vergilbten Fingernägeln, die sie um den Türrahmen krallt. Kapka nimmt ihre ganzen Kräfte zusammen, lächelt und versucht, sich an der Alten vorbei auf die nächste Stufe zu drängen. Erfolglos. Eine der knochigen Hände hebt sich und faßt sie am Ärmel.

»Hilfst du mir, Täubchen?« winselt die Frau. »Ich habe einen Topf mit Wäsche auf dem Ofen und kann ihn nicht alleine herunterheben.«

Kapka zögert. Sie will nicht in die Wohnung der Alten. Am liebsten würde sie das Weite suchen. Oder den Vater rufen. Aber sie spürt, daß sie sich lächerlich machen würde. Sie überwindet sich und geht hinter der Frau her, deren Finger noch immer ihren Arm umschließen. Neben der abgeblätterten Tür ist ein altmodisches Messingschild angebracht. Dr. Anton Rybak, liest Kapka den kunstvoll eingravierten Namen. Aber die Alte zieht sie bereits in ihre Wohnung. Der Flur ist eng und dunkel und besteht eigentlich nur aus einem schmalen Raum hinter der Tür, von der aus man ein paar Stufen in die Küche hinuntersteigt.

»Es ist ein bißchen dunkel hier«, krächzt die Alte. Ein neuer Ton, ein böser, verbitterter, färbt ihre Stimme. »Ganz klar, bei euch oder im ersten Stock gibt es andere Wohnungen! Da ist genug Licht! Ein altes Weib wie ich hat eben keine andere Wahl. Ich kann noch froh sein, daß sie mich aus diesem Loch hier nicht rauswerfen!«

»Wer sollte Sie denn rauswerfen?« fragt Kapka verständnislos.

»Wer, wer!« Die Frau beginnt zu lachen. Es ist eher ein Kreischen als ein Lachen. »Glaubst du, ich habe schon immer in dieser Höhle gewohnt? Mein Mann war Apotheker, mein Täubchen! Das ganze Haus hier hat uns gehört! Der Urgroßvater meines Mannes hat hier bereits im Jahre 1823 die erste Apotheke gegründet! Da, wo dein Vater jetzt seine Werkstatt hat. Die Apotheke zur goldenen Schlange war berühmt. Als ich geheiratet habe, hat uns mein Schwiegervater das Geschäft und das Haus überlassen. Das hier war das Zimmer für die Köchin und für das Dienstmädchen. Unsere Wohnung war im ersten Stock, Wohnzimmer, Eßzimmer, Schlafzimmer, Arbeitszimmer, Gästezimmer, zwei Küchen und ein Badezimmer. Alles höchst nobel. Wir gehörten zur besseren Gesellschaft!«

Nach diesen Worten heitert sich das Gesicht der Alten etwas auf. Auch ihre Augen haben ihre stechende Schärfe verloren. Sie schaut auf Kapka, aber gleichzeitig irgendwohin in die Vergangenheit. Es scheint, als ob sie ihr damaliges Leben mit all seiner Pracht vor sich sähe. »Wir hatten einen Chauffeur, ich hatte einen Nerzmantel im Schrank, und im Urlaub sind wir nach Venedig, Monte Carlo, an die Riviera gefahren . . .«

Sie verstummt. Das Leuchten auf ihrem Gesicht erlöscht langsam, der Blick verengt sich, die Lippen pressen sich wieder zu einem verbitterten Bogen zusammen. »Dann ist mein Mann gestorben, und niemand hat mir beigestanden. Alles haben sie mir genommen, mich hier in dieses stinkende Loch gesteckt und mir eine Pension zugeteilt, die weder zum Leben noch zum Sterben reicht!« Haßerfüllt schaut sie sich in der Küche mit dem abgetretenen Holzfußboden und dem Fenster um, durch das nur ein Paar Strahlen dünnen Lichts aus dem engen Hof hereindringen.

»Alles haben sie mir genommen«, wiederholt sie, und in

ihren Augen erscheint jäh ein schlaues Funkeln. »Nur eins nicht!« Sie schließt den Schrank in der Ecke auf und zieht einen Kleiderbügel mit einem Nerzmantel hervor. Er hat einen altmodischen Schnitt und riecht nach Mottenkugeln. Sie streicht mit ihren Fingern darüber. Dann nimmt sie ihn mit einer langsamen, erhabenen Bewegung vom Bügel und legt ihn sich um die Schultern. Sie richtet den gekrümmten Rücken auf, hebt das spitze Kinn, und mit einer fließenden, jugendlichen Geste richtet sie den Kragen auf. »Na?« sieht sie Kapka auffordernd an. »Was sagst du?«

»Er steht Ihnen gut«, sagt das Mädchen. Sie sieht, wie sehr der Frau an der Antwort gelegen ist. »Sie sehen damit aus wie eine große Dame.«

Anscheinend hat sie genau das gesagt, was die Alte hören wollte. Das ausgetrocknete alte Gesicht färbt sich für einen Moment rosa. Ein paar kurze Sekunden lang fühlt sie sich wieder jung, schön, reich. Sie macht zwei kleine Schritte nach vorn, um sich im Spiegel zu betrachten, dabei stößt sie jedoch an die Kante des Ofens, auf dem der

Wäschetopf steht. Sie schreit vor Schmerz auf und dreht sich herum. Eine Weile starrt sie betroffen auf den Topf, als ob sie sich nicht erinnern könne, wo er hergekommen sei und wozu er diene. Sie läßt die Schultern sinken, zieht den Pelzmantel aus, hängt ihn auf den Bügel zurück in den Schrank. Ein letztes Mal versenkt sie ihre knochigen Finger in dem Fell. Dann schlägt sie heftig die Tür zu und dreht den Schlüssel um. Als sie Kapka ihr Gesicht zuwendet, ist bereits wieder der böse Ausdruck darauf zu sehen.

»Faß du an dem einen Henkel an«, krächzt sie und greift den Topf selbst am anderen Henkel. Mit vereinten Kräften heben sie ihn vom Ofen und stellen ihn auf den Fußboden.

»Ich geh dann jetzt«, sagt Kapka. Keine Sekunde länger will sie in der düsteren Wohnung bleiben. »Auf Wiedersehen!«

»Warte mal!« Die Alte greift in die Kredenz und holt eine Schachtel mit Bonbons heraus. Es sind Schokoladenbonbons mit Nußfüllung – Kapkas Lieblingsbonbons. Die hier scheinen jedoch mindestens so alt wie der Nerzmantel zu sein. Auch die Schachtel ist schon ganz vergilbt. Kapka will schon fast ablehnen, als sie den Blick der Frau bemerkt. Sie begreift, daß sie sie tödlich beleidigen würde. Mit innerer Überwindung fischt sie ein Bonbon aus der Schachtel. Sie bringt es jedoch nicht fertig, es in den Mund zu stecken. Sie wendet sich ab, und ohne ein weiteres Wort eilt sie die Treppe hinauf in den dunklen Flur und hinaus ins Treppenhaus.

Als die abgegriffene Tür hinter ihr zufällt, atmet sie tief auf. Sie schaut auf das Bonbon in ihrer Hand. Und schreit auf vor Ekel. Das Bonbon ist dicht mit grünem Schimmel überwachsen.

Halina, hierher!

Der Wasserstrahl wird langsam wärmer. Kapka hält ihre Hände darunter und beginnt, sie sorgfältig zu waschen. Schon zum dritten Mal. Sie benutzt sogar eine Nagelbürste, was sie sonst nur mit größter Unlust tut. Als sie fertig ist, riecht sie an ihren Fingerspitzen. Es kommt ihr vor, als ob der Modergeruch des verschimmelten Bonbons immer noch an ihr haftete. Sie überlegt eine Weile. Dann greift sie ins Regal und reibt ein bißchen von Mamas Nachtcreme auf die Hand. Der süßliche Kölnischwasserduft überdeckt den Mief des Schimmels und verleiht Kapka ein Gefühl von Sauberkeit. Sie geht in den Flur.

Sie fühlt sich in der neuen Wohnung noch nicht ganz heimisch. Ihr ist noch immer, als wäre sie zu Besuch hier. Während sie in Liben große Zimmer mit einer geräumigen Diele hatten, in der Kapka früher Dreirad und später sogar Fahrrad fahren konnte, ist die Diele hier eng, die Mansardenzimmer haben eine niedrige Decke, und das Badezimmer ist so winzig, daß noch der meiste Platz in der Wanne ist. Dafür muß man hier nicht täglich Staub wischen, und die Fußböden erzittern nicht unter dem Dröhnen der schwerbeladenen Lastwagen, die in beiden Richtungen die vielbefahrene Straße entlangbrausten. Hier fährt selten ein Auto vorbei. Aus den Fenstern sieht man den Himmel, der durch die Wellenlinie des Laurenziberges abgeschnitten wird, und von der nicht weit entfernten Loretokirche dringt jede Stunde ein silbernes Glockengeläut herein.

Und einen Kachelofen gibt es hier! Das gefällt Kapka an der neuen Wohnung am meisten. Er steht im Wohnzimmer in einer Ecke, blau und ausladend, mit einer kleinen Bank davor. Als Kapka ihn aus der Nähe betrachtet, sieht sie, daß er weder dunkel noch hell ist, sondern meliert. Wie das Meer. Er rauscht auch so, wenn man Holz zulegt. Vater hat eine seiner wenigen Tonfiguren auf ihm aufgestellt. Einen Jungen, der rittlings auf einem Esel sitzt. Der Junge trägt ein weißes Hemd, und seine Füße sind so lang, daß er sich mit den Fersen vom Boden abstößt. Kapka hat den Vater einmal gefragt, warum der Junge so lange Beine hat, und der Vater hat geantwortet, daß die Beine des Jungen in Ordnung sind, daß aber der Esel ungewöhnlich klein ist. Gleich hat er sich dazu auch eine Geschichte von einem kleinen Esel ausgedacht, die Kapka aber schon wieder vergessen hat. Jetzt fallen die Strahlen der Nachmittagssonne dem Jungen direkt ins Gesicht und lassen das Blau der Kacheln in vielen Schattierungen aufleuchten, so daß es wirklich so aussieht, als wellte sich in der Ecke des Zimmers ein kleines Meer.

Aber Kapka hat keine Zeit zum Träumen. Sie öffnet die Ofentür, legt Holz auf und dreht die Eisenschraube fest an, damit das Holz langsam brennt. Dann zieht sie sich Schuhe und Jacke an. Die Mütze stopft sie in die Tasche. Die wird sie erst aufsetzen, wenn sie wieder nach Hause kommt – auf der Treppe. Sie geht in den Hausflur und drückt auf die Klingel an der Tür gegenüber, die unverzüglich geöffnet wird. Eine Frau in Trainingshose und Pullover steht im Türrahmen, ein Tuch wie einen Turban um den Kopf gewickelt.

»Guten Tag«, grüßt Kapka. »Ich wohne gegenüber. Ich habe gehört, daß Sie einen Hund haben. Darf ich mit ihm spazierengehen?«

Die Frau lehnt den Besen an die Wand. Sie ist von Kopf bis Fuß rund, es gibt keine Kante, nichts Spitzes an ihr, außer der kleinen, zur Decke ragenden Nase.

»Du bist Kapka, nicht wahr? Ich habe schon mit deiner Mama gesprochen«, lächelt sie und gibt dem Mädchen die Hand. »Ich bin Frau Pour. Und du würdest mit unserer Halina rausgehen? Damit würdest du mir eine große Freude machen. Ich habe nämlich angefangen, Hausputz zu machen, und mein Mann kommt erst heute abend nach Hause. Warte, ich hole sie!« Sie verschwindet.

Kapka tritt ungeduldig von einem Bein aufs andere. Einen Hund zu haben, war schon immer ihr Wunschtraum. Einer der wenigen Wünsche, den ihr die Eltern nie erfüllen wollten. Mama war aus gesundheitlich-hygienischen Gründen dagegen, Papa aus humanitär-tierischen. Beide hatten ihren Standpunkt mit einer solchen Menge von schlagenden Argumenten untermauert, daß Kapka mit ihrem ganz gewöhnlichen Wunsch einfach ohne Chance dastand. Den Kompromiß – ein Aquarium mit Fischen – hatte sie abgelehnt. Statt dessen begann sie sich für die Hunde in der Nachbarschaft zu interessieren, und den Besitzern der sympathischsten bot sie ihre kostenlosen Dienste als Hundeausführerin an. Sie hat eine Vorliebe für Dackel und Cockerspaniels, wegen ihrer menschlichen Augen, die immer so traurig aussehen.

»Kleine Halina, Kleines«, hört sie die besänftigende Stimme der Nachbarin aus der Küche. »Ja, wo geht Halina denn hin? Ja, wohin denn? Raus geht sie! Aber das sage ich ihr: Sie wird nicht auf den Bürgersteig machen, nein, nein, nein! Sie wird auch nicht böse sein und den Kindern die Mützen runterreißen, sonst kriegt sie eins auf den

Hintern! Und schön an der Leine gehen! Wehe, sie beißt sie wieder kaputt und frißt sie auf!«

Die Stimme kommt näher. Dann fliegt die Küchentür auf. Eine semmelbraune Dogge von der Größe eines Pferdes erscheint. Sie schaut Kapka kurz an und schreitet auf sie zu. Mit langem, erhabenem Schritt. Um den Hals hat sie ein Halsband mit Leine, an deren Ende Frau Pour trippelt. Auf den ersten Blick ist ersichtlich, daß die Schnelle ihres Ganges ganz unabhängig von ihrem Willen ist. Auf ihrer linken Handfläche balanciert sie einen Teller mit gefüllten Plätzchen.

»Also, das ist unsere Halina«, zwitschert sie. »Sie ist ein bißchen arg groß, aber sehr lieb!«

In dem Moment wirft die Hündin den Kopf herum, und die Nachbarin fliegt zur Seite. Ein Plätzchen fällt vom Teller und zerbröckelt auf dem Fußboden. Die Nachbarin hält Kapka den Teller mit den übrigen Stücken unter die Nase.

»Greif zu! Sie sind ganz frisch aus dem Ofen! Mit Nußcreme!«

»Danke.« Kapka nimmt sich eins, beißt hinein, und während ihr das aufgeblasene Nichts auf der Zunge zergeht, beobachtet sie die Dogge. Sie hat schon die ganze Creme vom Fußboden geleckt, jetzt sammelt sie mit ihrer riesigen Schaufelzunge die Krümel auf. Mit einer pedantischen Sorgfalt. Im nächsten Moment ist der Boden wieder perfekt sauber.

Die Frau reicht Kapka noch ein Plätzchen. In die andere Hand drückt sie ihr die Schlaufe der Leine. »Keine Angst«, sagt sie. »Halina sieht aus wie eine Bestie, aber sie hat einen guten Charakter. Auf meinen Mann hört sie. Vor allem schrei sie nicht an, das kann sie nicht ausstehen. Sie hat es auch nicht gerne, wenn man sie irgendwohin zieht. Laß dich am besten führen. Oder laß sie los. Sie findet nach Hause.« Das ruft sie schon von der Treppe aus.

Die Hündin, als ob sie beschlossen hätte, daß der eitlen Reden nun genug seien, schreitet los und nimmt Kapka mit. Das Mädchen hat Mühe, mit ihr Schritt zu halten. Bei jedem Schritt des Hundes macht sie drei. Draußen vor dem Haus hält der Hund an.

Das nutzt Kapka aus. Sie macht das Atelier auf und wirft dem Vater die Wohnungsschlüssel zu. »Fang!«

»Wohin so eilig?« Der Vater schaut auf. Er sieht Halina. Ein Ausdruck von Bewunderung erscheint auf seinem Gesicht. Er steht auf und tritt zur Tür. »Du bist aber ein Mordsbrummer!«

Die Hündin, als ob sie verstanden hätte, daß man ihr schmeichelt, wedelt freundlich mit dem Schwanz und macht einen Schritt auf Papa zu. Sie streckt ihren Kopf unter seine Hand. So daß ihm nichts anderes überbleibt, als sie zu kraulen. Er tut das zögernd. Mit größter Zurückhaltung. »Jetzt ist aber genug«, sagt er nach einer Weile und hebt die Handfläche. »Du bist hübsch, aber ...«

Halina läßt ihn nicht ausreden. Sie stößt ihn mit ihrer Schnauze, bis er zu taumeln beginnt. Schnell weicht er ins Atelier zurück. »Jetzt begreife ich, warum Mama neulich so gelacht hat«, sagt er nervös. »Du solltest dich in acht nehmen.«

»Tu ich«, verspricht Kapka. Sie hat noch nicht ausgeredet, als Halina sich ohne vorherige Warnung mit einem Ruck umdreht und mit schnellem Schritt den Hügel hinaufeilt. Die Leine spannt sich, zieht Kapka mit sich, daß sie fast hingefallen wäre, und zwingt sie loszulaufen. Sie kommen an zwei Laternen vorbei, überqueren eine enge Straße und biegen mit zunehmendem Tempo hinter einer schäbigen kleinen Kapelle zum Laurenziberg ab. Kapkas Blick fliegt zum letzten Mal zurück. Der Vater steht auf dem Bürgersteig und sieht hinterher. Besorgt. Sie winkt ihm zu und lacht laut dabei. Um zu zeigen, daß alles in Ordnung ist.

In Wirklichkeit ist es ihr nicht zum Lachen. Als sie aus Papas Blickfeld heraus ist, schaut auch sie besorgt drein. Halina trabt voran, ohne nach rechts oder nach links zu schauen. Sie zieht dermaßen, daß es ein Wunder ist, daß die Leine nicht reißt. Sie gibt sich zielstrebig. Als habe sie die Richtung des Spaziergangs nicht zufällig eingeschlagen, sondern strebe ein vorher festgelegtes Ziel an.

Kapka hat kaum Zeit, auf dem Hang über ihr das barocke Kloster mit den weichen, leicht verschwommenen Umrissen seiner Türme wahrzunehmen. Sie schafft es gerade noch, den Kopf zu wenden, um im Laufen das Panorama von Prag zu überfliegen, das von dieser Stelle aus besonders eindrucksvoll ist und in allen Reiseführern hervorgehoben wird. Den Aussichtsturm auf dem Laurenziberg sieht sie schon nicht mehr. Die Äste der Bäume haben ihn schon verhüllt, bevor sie überhaupt aufgeschaut hat. Auf dem asphaltierten Weg zwischen den Bäumen saust sie der Hündin hinterher, springt Kinderwagen, Rentnern und Kindern auf Rollschuhen aus dem Weg, weicht Pfützen und Rinnsalen aus getautem Schnee aus. Das muskulöse Hinterteil, das im unermüdlichen Rhythmus eines Marathonläufers vor ihr auf und ab tanzt, verwandelt sich allmählich in einen undeutlichen, semmelfarbigen Fleck.

Die Treppe, die den Aussichtsweg kreuzt, überqueren sie mit einer solchen Geschwindigkeit, daß einem heraufsteigenden alten Mann die Zeitung aus der Hand fällt und im wirbelnden Luftstrom erst ein paar Meter hinter Kapka landet. Hinter der Treppe biegt Halina plötzlich nach links ab. Von dem Asphaltweg zweigt hier ein enger Pfad ab, der sich anmutig, aber steil den Hügel hinunterwindet.

»Nicht dahin!« schreit Kapka. »Halt!« Im gleichen Moment erinnert sie sich jedoch, daß sie Halina nicht anschreien soll. Sie verstummt. Und hält sich nur noch entsetzt an der Leine fest.

Der Pfad ist voller Schlamm und Laub vom letzten Jahr. Er führt quer durch ein abschüssiges Wildgehege, wo der böhmische Adel früher auf Hasenjagd gegangen war. Heute ist hier ein öffentlicher Park, der an einen Urwald erinnert. Uralte Eiben krümmen sich hier neben mächtigen Kastanienbäumen, Eichen nehmen mit ihren ausladenden Kronen den schlanken Birken den Platz weg. Sitzbänke, übersät mit eingeritzten Herzen, Pfeilen und Namen tauchen auf, sinnlos plaziert an Stellen, von denen man früher vielleicht eine schöne Aussicht auf die Stadt gehabt hat. Heute jedoch hat das Dickicht der Sträucher finstere Höhlen geschaffen, die zu privaten, geheimnisvollen, ja sogar verbotenen Dingen einladen.

»Hali«, Kapka schlägt einen möglichst sanften Ton an, um die Hündin nicht zu reizen. »Halina, nicht dahin, komm zurück!«

Aber die Hündin hört nicht. Es scheint, daß sie absolut nichts wahrnimmt außer der fixen Idee, der sie hinterherrennt. Beide, Kapka und sie, sind schon bis zu den Knien mit Schlamm bespritzt. Je näher sie dem Fuß des Abhangs kommen, desto aufgeweichter ist der Pfad. Und dann endet er plötzlich im Nichts. Es sieht zumindest so aus. Halina läßt sich davon nicht beeindrucken. Sie setzt zum Sprung an. Kapka läßt die Leine los. Im nächsten Moment erblickt sie das semmelfarbene Hinterteil und die angezogenen Hundebeine hoch in der Luft. Kapka rutscht noch ein Stück auf den Absätzen weiter, bis sie sich an den stechenden Zweigen eines Dornenstrauches, der am Rand des Abhangs wächst, festhalten kann. Sie guckt um sich. Fünf Meter weiter unten sieht sie einen Spielplatz, einen von Bänken umgebenen Platz, auf dem früher vielleicht Gras wuchs, der jetzt aber nur noch aus festgestampftem Lehm besteht. Und eine Horde von Jungen. Aus Pullovern und Jacken haben sie auf der Erde Tore errichtet und rennen hinter einem Ball her.

Kapka kribbelt es in den Füßen. Volleyball, Fußball, Handball und Völkerball gehören zu ihren Lieblingsspielen. Bis vor kurzer Zeit lehnte sie es deswegen sogar ab, Röcke zu tragen. Im letzten Jahr fand sie sich zwar gnädigst bereit, ihnen einen Platz in ihrem Kleiderschrank einzuräumen, aber nur, um Mama eine Freude zu machen. Im tiefsten Winkel ihres Herzens findet sie diese Art weiblicher Kleidung nach wie vor überflüssig. Am besten fühlt sie sich in Trainingshosen und Jeans, und auch das nur, wenn sie ordentlich abgetragen sind. Richtig gefallen sie ihr erst dann, wenn sie auf beiden Knien und dem Hintern Flicken haben und sie sich ohne weiteres überall hinsetzen und auf alles hinaufkriechen kann.

»Jungs, hier kommt Halina!« ertönt von unten ein Schrei.

Die Hündin hat den steilen Abhang schon bewältigt und ist auf den Spielplatz gelaufen. Voll Freude leckt sie den Jungen über die Gesichter und wedelt mit dem Schwanz. Ein heiseres Winseln kommt aus ihrem Hals. Gleich hat sie einen ganzen Berg von Händen auf ihrem Rücken, die sie kraulen, streicheln und tätscheln.

»Brav, Halina, brav!«

»Du bist zum Spielen gekommen, was?«

»Wo ist denn dein Frauchen?« Sie halten Ausschau. Zuerst um sich herum, dann blicken sie nach oben. Sie sehen Kapka. Ein paar Sekunden beobachten sie sie mit schweigender Neugierde. Dann fangen sie wie auf Befehl an, zu feixen und sich aufzuspielen.

»Jungs, guckt mal, was Halina mitgebracht hat!«

»Mensch, Achtung, das sieht ja fast nach 'nem weiblichen Wesen aus!«

»'ne Frau, ich werd nicht mehr! Vielleicht eher 'n Schlammhuhn!«

»Ernsthaft! Guckt doch, wie Halina sie durch den Schlamm geschleift hat!«

Sie wiehern. Volle Lautstärke. Unter ihnen ist auch der große Junge, der Kapka gestern gefragt hat, ob sie sein verrücktes Schwesterchen besuchen wolle. Der lacht von allen am meisten. Die strubbeligen Haare stehen ihm wie ein Rasierpinsel über der Stirn. Kapka fühlt, wie ihr die Röte ins Gesicht steigt. Sie wendet die Augen ab und sieht den Ball. Es scheint keines dieser Eier zu sein, das die Jungen normalerweise irgendwo in einer Ecke hin und her treten. Er ist aus Leder und allem Anschein nach auch gut aufgeblasen. Er liegt am Rand des Platzes gleich unter dem Hang.

Kapka läßt sich hinuntergleiten. Sie macht es wie beim Skifahren. Im Slalom. Nach einer Weile ist sie auf dem Platz. Sie hebt den Ball mit der linken Fußspitze, spielt ihn sich auf das Knie, dann auf das rechte Bein, und mit dem linken plaziert sie ihn in eins der provisorischen Tore, bevor die Schreihälse hinter ihrem Rücken überhaupt merken, was los ist. Halina bellt und läuft dem Ball hinterher. Das bringt die Jungen endlich in Bewegung.

»He, komm her!« – »Gib ab!« – »Geh ins Tor!« – »Mit wem spielst du?« – »Halina, hierher!« – »Wo treibst du dich denn rum?« beginnen sie sich gegenseitig zu überschreien. Die Hündin stößt den Ball mit der Schnauze an, daß er bis auf die andere Seite des Platzes fliegt. Alle halten einen Moment inne und gucken sich an.

»Also, was ist jetzt?« ruft Kapka. »Spielen wir jetzt, oder nicht?« Sie handelt mit einer Überlegenheit, die sie nicht empfindet. Ein bißchen von oben herab. Sie weiß aus Erfahrung, daß das die einzige Möglichkeit ist, sich beim männlichen Geschlecht Autorität zu verschaffen. Sie sieht die Jungs der Reihe nach an, und um ihre innere Unsicherheit zu unterdrücken, spuckt sie aus. In einem Stil, um den sie manch einer beneiden könnte. Die Spucke fliegt in einem herrlichen Bogen über die Köpfe der verdutzten Jungen und platscht im Gras auf. »Fünf gegen vier plus Halina«, sagt sie. »Wer ist im Tor?«

Sie sieht, daß ihr Ton, ihre Souveränität und nicht zuletzt das Spucken gewirkt haben. Niemand hat gegen ihre Teilnahme am Spiel etwas einzuwenden. Zwei Jungen laufen gehorsam ins Tor und die anderen zum Ball.

Der Junge mit den strubbeligen Haaren geht auf Kapka zu. Er ist ein Kopf größer als sie. Er mustert sie amüsiert von Kopf bis Fuß. »Ich heiße Radek«, sagt er.

»Ich Kapka.«

Er bekommt keinen neuen Lachanfall, wie sie erwartet hat. Nur eine Augenbraue zieht sich ein Stück in die Höhe. »Ich find, ist ganz gut zu wissen, wem man die Hucke weichklopft!« nickt er zufrieden und setzt sich in Bewegung. »Also los, Herrschaften!« Er pfeift durchdringend. Auf dem kleinen Finger. Die einzige Art, die Kapka trotz aller Anstrengungen bisher nicht beherrscht. Er tritt gegen den Ball. Der fliegt hoch über die Äste der umstehenden Bäume und hebt sich schwarz vom bleifarbenen Himmel ab. Dann beginnt er wieder zu fallen. Es schießt Kapka durch den Kopf, daß er wie eine erloschene Sonne aussieht. Oder ein Raubtier, das auf seine Beute hinuntergleitet. Aber für solche Betrachtungen ist jetzt keine Zeit. Sie verdrängt alle Gedanken aus ihrem Kopf und läuft dem Ball hinterher.

Vom Laurenziberg weht ein kalter, feuchter Wind herüber. Kapka schließt ihre Jacke bis zum Hals und steckt die Hände in die Taschen. Die lederne Hundeleine, deren Schlinge sie sich über das Handgelenk gezogen hat, schleift locker über die Erde. Halina geht dicht neben ihr. Entweder hat sie das Fußballspiel so angestrengt, daß sie keine Kraft mehr hat zu ziehen, oder es ist mit zunehmender Dunkelheit Ängstlichkeit in ihr Hundeherz eingekehrt. Ab und zu stößt sie Kapka mit der Schnauze an den Arm, dann wiederum hebt sie ihre Augen zu Radek, der neben ihr geht und den Ball gegen den Bürgersteig dribbelt.

»Wir spielen fast jeden Tag, ein paarmal haben wir es auch auf dem Schnee versucht«, erzählt er. »Das mochte Halina am liebsten! Sie hat den Schnee in die Schnauze genommen und ihn auf uns geprustet!« Er lacht. Seine Schneidezähne sind viel größer als seine Eckzähne. Es sieht lustig aus. Als ob er sie sich von einem anderen Gesicht ausgeliehen hätte. »Nur hat sie mit dem Schnee auch den Schlamm aufgewühlt. Sie hatte dann immer ein Maul, als sei sie gerade aus einer Grube ausgefahren, und Frau Pour wollte sie nicht in die Wohnung lassen.«

»Und dann hat sie 'böse Halina' zu ihr gesagt, oder?«

»Halina macht sich eh nichts aus ihr. Aus überhaupt niemandem. Sie hört nur auf Herrn Pour. Der braucht sie bloß anzugucken, und Halina kriecht schon auf dem Bauch vor ihm. Wenn er ihr sagen würde, sie sollte sich das eigene Bein abbeißen, dann täte sie das auch!«

Sie sind schon vor dem Krankenhaus angelangt. Wie ein

Ozeandampfer leuchten die Fensterreihen in die Dunkelheit. Der Wind rüttelt an der Laterne über dem Eingang, und ihr Licht spritzt bis zu den Baumkronen hinauf.

»Sammelst du was?« fragt Radek plötzlich ohne erkennbaren Zusammenhang.

»Ich hab mal Schlüssel gesammelt, aber dann hat es mir keinen Spaß mehr gemacht.«

»Am besten ist es, Menschen zu sammeln«, sagt Radek. »Das hört nie auf, einem Spaß zu machen. Und man braucht weder Platz noch Geld dafür. Nur Zeit.«

»Und wie machst du das?« Kapka sieht Radek interessiert an. Er kommt ihr älter als alle anderen Jungen vor, mit denen sie je befreundet war. Selbstbewußter. Anscheinend interessiert es ihn nicht besonders, was die anderen über ihn denken. Davon zeugt auch der trotzige Haarpinsel über der Stirn, wegen dem man jeden anderen ausgelacht hätte, der aber bei ihm wie eine besondere Auszeichnung unter Auserwählten aussieht.

»Wie soll ich das schon machen! Ich rede ganz normal mit ihnen, höre ihnen zu, stelle Fragen. Die Menschen müssen sich aussprechen können. Wenn sie merken, daß du ihnen zuhörst – das heißt, wirklich zuhörst, nicht nur so tust, als ob –, dann fangen sie nach kurzer Zeit an, selbst zu dir zu kommen.«

»Und sammelst du alle?«

»Jetzt nicht mehr. Als ich damit angefangen hab, wollte ich gleich eine möglichst große Sammlung haben, und da hab ich alle genommen. Jetzt wähle ich aus.«

»Und wonach?«

»Du bist gut!« Radek lacht. »Ich hab drei Jahre gebraucht, bis ich auf das System gekommen bin, und du willst es gleich wissen. Außerdem kenne ich dich auch noch gar nicht.«

»Na und?«

»Ich hab keinen Grund, es dir zu verraten. Du könntest es ja auch ausnutzen.«

»Dann behalt's eben für dich«, erwidert Kapka beleidigt. »Du gibst sowieso nur an!«

»Du vielleicht nicht?« kommt es wie aus der Pistole geschossen zurück. »Was war das denn vorhin auf dem Spielplatz? Da hast du vielleicht nicht angegeben? Mit dem Spucken und mit der Show, die du vor den Jungen abgezogen hast?«

»Was?« Kapka setzt ein unschuldiges Gesicht auf. Innerlich tobt sie, daß er sie durchschaut hat.

»Du kannst gegen einen Ball treten, aber sonst bist du ein ganz normales Mädchen!«

»Wie soll ich denn sein? Unnormal?«

»Wegen nichts und wieder nichts bist du gleich beleidigt. Wie mein verrücktes Schwesterchen.«

»Ich bin überhaupt nicht beleidigt!«

»Dann komm mit mir ins Krankenhaus.«

»Wozu?«

»Ich zeig dir ein Exemplar aus meiner Sammlung.«

Kapka zögert. Die Uhr vor dem Krankenhaus zeigt Viertel vor sechs. Mama hat sicher schon das Abendessen fertig. Und Papa guckt aus dem Fenster in die Dunkelheit und macht sich Sorgen.

»Ein andermal«, sagt sie, »heute war das erste Mal...«

»Guck, das ist er«, läßt Radek sie nicht ausreden und zeigt zur Tür, die sich gerade geöffnet hat und aus der ein Mann mit einer Pförtnerkappe und einem offenen weißen

Kittel tritt. Er zieht einen Wagen hinter sich her, den er neben dem Eingang abstellt.

»Guten Abend, Herr Kruta!« ruft Radek und geht auf den Mann zu. »Wie geht's?«

Der Mann schaut auf. Auch im flackernden Licht der Laterne kann man erkennen, daß er ein rotes, verbrannt aussehendes Gesicht hat. Das Gesicht eines Mannes, der oft am Feuer sitzt. Oder sich viel in der freien Natur aufhält.

»Ausgezeichnet«, sagt er. »Ich müßte nur mal auspennen. Ich kann mich kaum noch auf den Beinen halten.«

»Haben Sie Nachtschicht?«

»Nacht- und Frühschicht. Und einen Kollegen auf der Isolierstation. Mit Gelbsucht.« Er setzt sich auf die Treppenstufe vor dem Eingang und reibt sich müde die Augen. »Hast du was zu qualmen?«

»Heute nicht«, sagt Radek. »Bei Papa ist die große Selbstbeherrschung ausgebrochen. Er raucht und trinkt schon vierzehn Tage nicht mehr.«

»Wenn das mal anhalten würde!«

»Warten Sie«, Kapka wühlt in ihren Taschen, »hier sind welche!« Sie fischt die zwei Zigaretten heraus, die sie gestern auf dem Dach stibitzt hat. Sie sind verbogen und zerdrückt, aber ganz. Sie reicht sie dem Mann.

»Da laß ich mich nicht lang bitten.« Er steckt sich eine in den Mund, die andere schiebt er hinters Ohr. Neugierig betrachtet er das Mädchen. Um die Augen und an der Nasenwurzel hat er eine Menge kleiner Fältchen.

»Das ist Kapka«, sagt Radek. »Sie ist gestern hierhergezogen.«

»Und schon hast du sie in deiner Sammlung, was?« lacht der Mann, und aus seinen Fältchen werden auf einmal tiefe Kerben. Er wendet sich Kapka zu. »Nimm dich vor dem in acht! Er sieht aus wie der heilige Franziskus, aber wenn er loslegt, ist er gefährlich!«

»Warum?«

»Er hat eine schrecklich trügerische Gabe. Die Gabe des Redens. Er beschwatzt dich jederzeit zu allem möglichen!«

»Ich geb nicht viel auf Gerede«, sagt Kapka.

»Hahaha!« Der Mann zündet sich die Zigarette an und atmet genußvoll den Rauch ein. Mit der linken Hand streicht er Halina über die Schnauze und beginnt sie zu kraulen. »Das hab ich auch mal gedacht!«

»Herr Kruta, das ist doch nicht interessant«, fällt ihm Radek ins Wort. »Und außerdem ist es schon lange her.«

»Wie bitte, lange? Letztes Jahr! Und interessant ist es auch. Wenigstens für mich. Als Erfahrung.« Er zieht wieder an der Zigarette und bläst den Rauch zum Himmel, an dem die ersten Sterne auffunkeln. »Ich kann nämlich nicht Ski fahren, mußt du wissen. Und dieser gute Mensch hier verkündete, daß er mir das beibringen will. Wie, das hätte ich mir auch vorher denken können! Ich bin fünfzig und fall auf so was rein wie Klein-Fritzchen!«

»Herr Kruta ...«

»Nix, Herr Kruta! Hast du gesagt, daß du mir das beibringst? Na bitte. Also, sei ruhig!« Er wendet sich wieder Kapka zu. In seinem Gesicht spiegelt sich Heiterkeit. »Er hat dann für mich irgendwo Skier und Skischuhe aufgetrieben, und am Samstag sind wir mit dem Autobus zur Spindler-Mühle gefahren. Da hat er mich dann gleich auf die steilste Abfahrt geschleppt! Sehen Sie her, hat er gesagt, ich zeig Ihnen das jetzt. Daß er vorher gerade dreimal auf den Brettern gestanden hat, davon keinen Ton. Er hat sich mit den Stöcken abgestoßen und ist losgefahren. Ich guck ihm hinterher – er hat überhaupt keine Bögen gemacht, ist einfach Schuß gefahren. Natürlich sofort in den Wald. Und da ist er gleich gegen die erstbeste Kiefer geknallt.«

»Das ist nicht wahr! Da ist mir damals ...«

»Was hätt ich tun sollen? Ich rufe nach ihm, nichts. Er

liegt da, erhebt sich nicht. Ich mußte zu ihm hinunter. Die Fahrt werd ich im Leben nicht vergessen! Ich fühl jetzt noch die ganzen Buckel, mit denen ich auf dem Hang persönlich Bekanntschaft gemacht hab! Als ich mich endlich an ihn herangeschoben hab und ihn aufheben will, fängt er an zu brüllen wie am Spieß. Er wollte sich sogar mit mir prügeln! Zum guten Schluß mußte die Bergwacht kommen und ihn ins Krankenhaus transportieren. Es zeigte sich, daß er die linke Stelze zweimal und noch irgendwie unglücklich gebrochen hatte. Zwei Monate hat er im Krankenhaus rumgelegen! Und da hatte er noch Glück gehabt, daß es gut zusammengewachsen ist! Die Ärzte haben damals geunkt, daß er vielleicht für den Rest seines Lebens hinken wird!«

Er nimmt einen letzten Zug und schnippt die Zigarette in die Pfütze, erhebt sich und streckt sich. »Das schlimmste ist, wenn du morgen damit ankämest, daß du mir Schlittschuhlaufen beibringen willst - ich würd wieder drauf reinfallen!«

»Sie können nicht Schlittschuh laufen?« Radek macht große Augen. »Da verpassen Sie aber 'ne Menge. Ich kenn keinen größeren Spaß als Schlittschuhlaufen!«

Der Mann macht nur eine abwehrende Handbewegung. Er wirft einen prüfenden Blick zum Himmel und geht zurück zur Pförtnerloge. An der Tür dreht er sich noch einmal nach Kapka um, mit erhobenem Zeigefinger: »Wie ich schon sagte, nimm dich vor dem in acht! Aber wenigstens langweilt man sich nicht mit ihm. Das sicher nicht!« Er macht die Tür auf. Für einen Moment schwimmt sein weißer Mantel in der gläsernen Türfüllung, dann entschwindet er.

»Ein lustiger Kerl«, sagt Kapka.

»Wahnsinnstyp! Als ich damals im Krankenhaus gelegen hab, hat er mich jeden Samstag besucht, hat mir Apfelsinen mitgebracht und mit mir Siebzehnundvier gespielt.«

Sie steigen die enge Gasse, die nach Hause führt, hinauf. In freudiger Erwartung des Abendessens zieht Halina wieder, als wolle sie einen Rekord im Bergaufgehen brechen. Sie schnaubt dabei, und von ihrer herausgestreckten Zunge fließt der Speichel.

»Kommst du morgen wieder Ball spielen?« fragt Radek, als sie vor Kapkas Haus stehen. Im Atelier ist das Licht schon gelöscht, die Glastür ist hinter massiven Holzläden verdeckt.

»Morgen kann ich nicht, da hab ich Schwimmen.«

Das Licht der nahen Laterne erreicht gerade noch das Schild an der Hauswand. Die goldene Schlange blickt mit einem günen Auge, in dem Verachtung funkelt, auf den Bürgersteig herab.

»Das ist seltsam.« Radek schüttelt auf einmal den Kopf.

»Was ist seltsam?«

»Daß du ausgerechnet hier in diesem Haus wohnst. Vor zwei Jahren hat Ota hier gewohnt. Mein bester Freund.«

»Und wo ist er jetzt?«

»Er hat Asthma gekriegt. Die Ärzte haben gesagt, daß er irgendwohin ins Gebirge ziehen muß. Sein Vater hat deshalb eine Stelle in der Hohen Tatra angenommen.«

»Hast du ihn hier öfter besucht?« fragt Kapka.

»Manchmal. Warum?«

»Kennst du die alte Oma aus dem Zwischengeschoß?«

»Gnä' Frau Apotheker?« Radek tippt sich an die Stirn.

»Die ist verrückt. Und böse. Ota hat von ihr behauptet, daß sie zaubern kann.«

Kapka beginnt zu lachen. Als sie aber Radeks Gesicht sieht, rutscht ihr das Lachen zurück in den Hals.

»Ernsthaft. Er hat gesagt, daß sie ihm das Asthma angezaubert hat. Und seiner Mutter eine Warze.«

»Warum hätte sie das tun sollen?«

»Sie haßt alle Leute, die hier wohnen. Früher hat ihr das Haus gehört, und sie kann sich immer noch nicht damit abfinden, daß man es ihr abgenommen hat.«

»Wer?«

»Mein Vater hat erzählt, daß es nach dem Krieg war. Unten in der Apotheke ist damals angeblich geschossen worden. Man hat da auch Waffen gefunden. Ihr Mann ist nach Australien abgehauen und nie wieder aufgetaucht.«

»Mir hat sie gesagt, daß er gestorben ist.«

»Das sagt sie jedem.«

Oben über ihren Köpfen wird ein Fenster geöffnet. »Kommt hoch, ihr Rumtreiber!« erklingt Frau Pours Stimme. »Ich hab schon gedacht, daß ich euch suchen gehen muß!«

Als Halina sie hört, bellt sie kurz auf und steuert auf die Tür zu.

»Tschüs!«

Kapka kann Radek eben noch zuwinken, da verschwindet sie schon hinter Halina im Hausflur. In wildem Galopp jagen sie die Treppe hinauf. Als sie an der Tür mit dem Schild Dr. Antonin Rybak vorbeikommen, ertönt dahinter ein leises, knarrendes Lachen. Kapka zuckt zusammen. Sie nimmt sich fest vor, die Wohnung der Alten nie mehr zu betreten.

Herr Pour steht auf der Türschwelle und hält eine Schüssel mit Wasser in der Hand. Sein kahler Kopf glänzt. Auf seiner Nasenwurzel sitzt eine kleine runde Brille, hinter der die klugen Augen eines Mathematikers zu sehen sind. Augen, die alles und jeden in Zahlen, Brüche und Multiplikationen umwandeln können. Für Herrn Pour existiert bestimmt kein Rätsel auf der Welt, das nicht erklärbar wäre, kein Problem, das nicht lösbar wäre.

Er stellt die Waschschüssel auf die Erde und sieht Halina an. Sein Blick ist nicht direkt befehlend, und trotzdem erzittert die Hündin. Ohne den geringsten Versuch eines Widerstandes tritt sie mit den Vorderbeinen in das Seifenwasser und bleibt gehorsam in der Schüssel stehen.

»Guten Abend«, grüßt Kapka.

»Guten Abend«, erwidert Herr Pour und streift mit einem unmißverständlichen Blick Kapkas bespritzte Hosenbeine. »Wo seid ihr denn gewesen?«

»Wir sind ein bißchen rumgelaufen.« Frau Pour hätte sofort gewußt, was sie sich darunter vorzustellen hatte. Wahrscheinlich hätte sie »böse Halina« gesagt, hätte Kapka mitfühlend angelächelt und ihr noch einen Nußkeks angeboten. In den Augen von Herrn Pour ist Unverständnis. Er sieht Kapka an, fast, als dächte er, daß sie es war, die Halina über die aufgeweichten Pfade gezogen und sie gezwungen hatte – gegen ihren Widerstand, selbstverständlich –, durch den Schlamm zu laufen. In seiner Gegenwart benimmt sich die Hündin sicher immer mustergültig. Sie macht alles, was Herr Pour will. Wie auch jetzt. Mit scheinheiligem Blick hebt sie ein Bein nach dem anderen und läßt sich mit einem Schwamm die Schlammspritzer entfernen. Mit einem Ausdruck grenzenloser Ergebenheit im Hundegesicht.

Kapka schneidet ihr hinter Herrn Pours Rücken eine Grimasse. Scheinheiligkeit kann sie nicht ausstehen. Egal, in welcher Form. Sie geht zur Tür gegenüber und klingelt. Im Flur ertönen Mamas Schritte. Kapka ist es ein Rätsel, an was es liegt, daß Mamas Gang so ganz anders ist als der Gang von irgend jemand anderem, den sie kennt. Sie bewegt sich, als sei sie schwerelos. Manchmal, wenn Kapka sie beobachtet, wie sie die Treppe hinuntergeht, scheint es ihr, daß Mama nur vortäuscht, daß sie die Stufen berührt, daß sie in Wirklichkeit aber ein paar Millimeter über ihrer Oberfläche hinunterschwebt. Sie kann so leise ins Zimmer kommen, daß es sich auch das knarrende Parkett anders überlegt und stillbleibt. Auch jetzt. Kapka hört, wie sie durch den Flur näher kommt, aber gleichzeitig ist es, als ob sie nichts hörte. Als ob sie Mamas Schritte gar nicht mit dem Gehör, sondern mit irgendeinem anderen, versteckten Sinnesorgan wahrnähme.

Die Tür geht auf. Kapka besinnt sich im gleichen Moment auf die Mütze in ihrer Tasche. Aber es ist schon zu spät.

»Jetzt reicht's aber!« sagt Mama und begrüßt mit einem Kopfnicken Herrn Pour. »Wo hast du deine Mütze?«

»Weißt du, wie heiß es draußen ist?« wehrt sich Kapka. Nicht sehr überzeugend.

»Und weißt du vielleicht, wieviel Uhr es ist?«

»Kurz nach sechs.«

»Von wegen kurz! Und stockdunkel ist es! Außerdem

bin ich nicht der Meinung, daß der Laurenziberg im Dunkeln der geeignetste Ort zum Spielen ist.«

»Glaubst du, daß dort Perverse rumlaufen?« fragt Kapka neugierig, als sie in den Flur tritt. Sie liebt Gruselgeschichten über Verbrechen und Morde, bei denen sie eine Gänsehaut bekommt und ihre Phantasie auf vollen Touren arbeitet. Abends kann sie dann nicht einschlafen und steckt den Kopf unter die Bettdecke.

»Was ist denn das für eine Ausdrucksweise, ich bitte dich! Wie oft hab ich dir schon gesagt, daß ich so eine Sprache nicht leiden kann!«

»Vielleicht gibt's welche«, überlegt Kapka laut, während sie sich Schuhe und Jacke auszieht. »Aber wahrscheinlich halten sie sich eher oben auf dem Berg auf. Unten gehen zu viele Leute, das ist nichts für Per . . . für Penner.«

Sie steuert die Küche an. Nach diesem Nachmittag, an dem sie die ganze Zeit hinter dem Ball und hinter Halina hergelaufen ist, zieht sich ihr der Magen vor Hunger zusammen. »Was gibt's zum Abendessen?«

»Hujaja.«

»Was ist das denn?« Sie schnuppert mißtrauisch. »Es riecht wie ein wehes Bein!«

»Von wegen, wehes Bein! Guck her!«

Mama öffnet den Backofen und zieht die Auflaufschüssel hervor. »Sellerieauflauf. Sieht gut aus, nicht?«

»Herrlich«, seufzt Kapka. Wenn Mama so strahlt, ist es unmöglich, sich vor ihren kulinarischen Experimenten zu drücken. »Aber gib mir nicht soviel, ich habe keinen Hunger.«

»Ja, ja, und dann stopfst du dich mit Schokolade, Plätzchen und Erdnüssen voll!« Mama kennt Kapkas Tricks aus dem Effeff. »Geh dir die Hände waschen«, beendet sie unnachgiebig die Diskussion.

Auf dem Weg zum Badezimmer steckt Kapka ihren Kopf durch die angelehnte Wohnzimmertür. Sie findet den Vater weder über den Skizzenblock noch über ein Buch gebeugt, sondern in der gleichen ungewohnten Position wie nachmittags im Atelier. Er liegt, eingewickelt in eine Decke, auf der Couch und schläft. Kapka zieht sich leise aus dem Zimmer zurück. Ans Händewaschen denkt sie gar nicht mehr.

»Was ist denn mit Papa los?« fragt sie beunruhigt in der Küche.

»Er hat Fieber. Wahrscheinlich brütet er was aus.«

»Papa!?« Es ist eher ein Ausruf als eine Frage. Kapka weiß genausogut wie Mama, daß der Vater in seinem ganzen Leben noch nicht krank war.

»Und ist es nicht wegen der Ausstellung? Er soll doch jetzt irgendwann eine Ausstellung haben. Vielleicht ist er deswegen nervös!«

Vaters Arbeitswut ist sprichwörtlich. Und unheilbar. Wenn ihm manchmal etwas nicht gelingt, wandert er nervös hin und her, zieht die Stirn in Falten, pfeift vor sich hin, antwortet auf Fragen entweder gar nicht oder völlig unzusammenhängend und nimmt fast nichts wahr, was um ihn herum passiert. Einmal hat er in einer solchen Verfassung Mamas Bohnerwachs für das Parkett aufgegessen. Sie hatte es in einem Topf auf den Herd gestellt, um es aufzuwärmen. Papa war in die Küche gekommen, hatte sich einen Löffel genommen, und bevor es jemand bemerkte, hatte er in Gedanken versunken schon mehr als die Hälfte des Topfes leer gegessen. Als Mama dazukam und ihn entsetzt fragte, was er da esse, antwortete er ihr beleidigt, sie solle ihn nicht auf die Probe stellen. Er habe sehr wohl bemerkt, daß es die Petersiliensauce mit Möhren sei, die sie letzte Woche gehabt hätten, nur daß Mama jetzt Hefe hineingetan habe, was zwar nicht schlecht sei, daß er persönlich aber Knoblauch bevorzuge. Nach dieser Erfahrung hat Mama nie mehr Bohnerwachs in der Küche gelassen, auch wenn Papa damals wundersamerweise nichts passiert ist.

»Er hat heute einen Brief bekommen«, sagt Mama. Sie stellt einen Teller mit Auflauf vor Kapka auf den Tisch und lehnt sich ans Fenster.

»Einen Brief? Von wem?«

Mama schweigt und blickt in die Dunkelheit hinaus, die hier und da von den Stecknadelköpfen der Laternen auf dem Laurenziberg durchstochen wird. Dann dreht sie sich um und mustert Kapka prüfend. »Ich weiß nicht, ob du das begreifst . . .«, sagt sie zögernd. Womit sie Kapka natürlich in Rage bringt.

»Wie sollte ich denn«, grinst sie. »Ich bin doch seit meiner Geburt schwachsinnig!« Sie begleitet ihre Worte mit einem entsprechenden Gesichtsausdruck. Mama lacht nicht. Sie macht auch keine Anstalten, ihr eins hinter die Löffel zu geben. »Sie haben ihm geschrieben, daß er seine Statuen wieder abholen kann.«

»Findet die Ausstellung nicht statt?«

»Doch, aber ohne Papa.«

»Warum?« Kapka begreift das nicht. »Gefallen ihnen etwa seine Statuen nicht?«

»Die Ausstellung heißt 'Zukunft'«, erklärt Mama. »Fünfzehn Maler und Bildhauer nehmen an ihr teil, und deren Bilder und Statuen zeigen alle, wie sie sich auf diese

Zukunft freuen. Wie sie Vertrauen in sie haben, wie erfreulich sie alles finden. Papas Statuen sehen eher aus, als fürchteten sie sich vor der Zukunft. Als wollten sie sagen: Was können wir Schönes von der Zukunft erwarten, wenn wir uns schon die Gegenwart kaputtmachen? Verstehst du?«

»Willst du damit sagen, daß Papa sich nicht auf die Zukunft freut?«

»Schrecklich gern würde er sich darauf freuen. Aber er sieht Menschen um sich herum, denen Unrecht geschieht, er sieht, wie man täglich die Natur zerstört, wie die Fische sterben und die Bäume im Wald, wie sich Menschen für nichts und wieder nichts umbringen...«

»Warum tut er denn dann nichts dagegen?«

»Was soll er tun? Er ist kein Revolutionär, auch kein Priester oder Politiker. Er ist Bildhauer. Das einzige, was er tun kann, ist, den Menschen solche Statuen zu zeigen, die sie dazu bringen, nachzudenken. Und das tut er ja.«

»Und deshalb dürfen die Statuen nicht auf die Ausstellung?«

»Deshalb.«

»Wer hat das verboten?«

»Der Verband der bildenden Künstler, der die Ausstellung veranstaltet.«

»Das heißt, der Verband der bildenden Künstler will nicht, daß die Leute nachdenken?«

»Der Verband selbst hat das nicht entschieden. Er hat einen Befehl vom Kultusministerium bekommen.«

»Aha, also will das Kultusministerium nicht, daß die Leute nachdenken!« begreift Kapka.

»Ganz so ist es auch wieder nicht«, seufzt Mama. Wahrscheinlich bedauert sie es schon, sich mit Kapka in diese Diskussion eingelassen zu haben. »Das Ministerium bekommt auch Befehle, und wo die herkommen, gibt es auch welche. Und das geht immer so weiter. Du wirst niemals einen Menschen finden, auf den du mit dem Finger deuten und sagen kannst: Der kann was dafür, der hat es entschieden!«

»Das ist aber ganz nett blöd eingerichtet!« ereifert sich Kapka.

»Blöd? Gerissen. Niemand ist verantwortlich, bei niemandem kannst du auf Gerechtigkeit pochen. Die Verantwortung tragen sie.«

»Wer sie?«

»Das weiß eben keiner. Einfach die anderen. Es ist ein Teufelskreis, er hat weder Anfang noch Ende, aber man kommt nie heraus.« Mamas Gesicht wirkt plötzlich müde. Sie blickt wieder hinaus in die Dunkelheit, als wolle sie sich davon überzeugen, daß sich auch dort kein Ausweg aus diesem Irrkreis findet. Sie streichelt Kapka über die Haare und geht aus der Küche. Kapka kann hören, wie sie ihre Schritte zum Wohnzimmer lenkt. Dann schnappt das Türschloß ein, und die Wohnung versinkt in Stille.

Kapka fühlt, wie ihr kleine Eiswellen über den Rücken laufen. Auf einmal tut es ihr leid, daß sie Mama zu diesem Gespräch bewegt hat. Es ist, als ob sie einen Ziegelstein aus der Wand gezogen hätte und ein kalter Wind durch das entstandene Loch in ihre sichere, behagliche Welt scharf hereinwehte. Sie schüttelt sich. Schnell schiebt sie den letzten Löffel Auflauf in den Mund, den sie in ihrer Aufregung ganz aufgegessen hat, stellt den Teller in die Spüle und läuft in ihr Zimmer.

Reden ist Silber, Schweigen ist Gold

Die Probe ist zu Ende. Jajin sitzt auf dem Rand der Bühne und macht Anmerkungen.

»Die Szene mit der Hochzeit ist diesmal überhaupt nicht gut gekommen«, sagt er stirnrunzelnd. »Hanka ist nach jedem Satz fast eingeschlafen, und Milan hat überreagiert. Was ist denn los mit euch?«

Eine robuste junge Frau mit gerötetem Gesicht und fiebrigen Augen gleitet von der Bühne. »Ich bin krank, falls du es zufällig vergessen haben solltest«, wirft sie ruhig ein und beginnt, sich den Mantel anzuziehen. »Ich wollte im Bett bleiben, aber du hast mich überredet, zu kommen. Daß es keinen Pfifferling wert war, brauchst du mir nicht zu sagen. Jetzt leg ich mich hin, und bevor ich nicht wieder richtig auf den Beinen bin, seht ihr mich hier auf der Bühne nicht wieder. Gehabt euch wohl!« Knapp und ironisch verbeugt sie sich vor allen Anwesenden und verschwindet hinter der Tür.

Im Saal herrscht einen Moment lang Stille. Sie wird von dem Mädchen, das neben Jajin sitzt und sich ihre dichten roten Haare zu einem Zopf flicht, unterbrochen.

»Hanka hat recht. Du bist ein Despot, Jajin!« verkündet sie. »Nur weil du meinst, eine vierstündige Probe abhalten zu müssen, gibt sie hier doch nicht den Löffel ab!«

»Ich bitte dich, Veronika, fang nicht wieder damit an«, blinzelt Jajin müde. »Wenn du dich unbedingt streiten willst, streit dich doch mit Milan!«

»Ich finde, daß es gar nicht so übel war heute«, piepst Milan. Er ist gerade zwanzig, unter seiner Nase zeichnen sich erste Andeutungen eines schüchternen Schnurrbartes ab. »Ich für meinen Teil hatte ein ganz gutes Gefühl.«

»Du und ein gutes Gefühl – ihr könnt mich mal!« fährt Jajin ihn an. »Wir sind nicht hier, um gute Gefühle zu haben, sondern um anständiges Theater zu machen. Was ihr heute hier vorgeführt habt, ähnelte eher einer Weihnachtsaufführung von Viertklässlern!« Er setzt sich ans Klavier und beginnt, ohne ein weiteres Wort eine Jazzmelodie zu spielen. Als ob er alle Anwesenden vergessen hätte.

Veronika kneift die Augen zusammen. Schweigend zieht sie sich an. Auf die roten Haare setzt sie sich einen Hut mit breiter Krempe, legt sich einen Schal mit vielen Falten um den Hals, und während sie sich im Spiegel der Puderdose beguckt, fährt sie sich mit einem Stift über die Lippen. Ihr Mund verwandelt sich mit einem Schlag in eine rote Blüte. Sie lächelt sich zu. Dann rauscht sie wie ein Schiff mit geblähten Segeln durch den Saal zum Ausgang.

Auf Jajins Gesicht bilden sich rote Flecken. In seinem rechten Augenwinkel zuckt es, seine linke Braue gleitet

nach oben, und seine Lippen krümmen sich zu einer dünnen, schiefen Linie. Er spielt noch ein paar Sekunden weiter, dann hämmert er auf einmal auf die Tasten, daß ein Klang wie ein disharmonischer, vielstimmiger Schrei ertönt, gleitet vom Hocker und läuft nach draußen.

»Das war zu erwarten«, flüstert Teresa.

»Was war zu erwarten?« fragt Kapka verständnislos.

»Daß er ihr wie ein Hund hinterherläuft!«

»Du glaubst, daß er hinter ihr hergelaufen ist?«

»Hinter wem denn sonst, du Schlaumeier! Sie hat ihn ganz nett in der Hand! Was sich Veronika in den Kopf setzt, wird gemacht! Und dabei ist sie gar keine Schauspielerin. Findest du sie gut?«

»Ja«, gibt Kapka zu.

»Ich bitte dich!« Teresa verzieht das Gesicht, erhebt sich und steuert ebenfalls aus dem Saal hinaus. Kapka hinter ihr her. »Mit den Augen klimpern, die Mähne nach hinten werfen und mit dem Hintern wackeln, das ist alles, was sie kann! Und außerdem ist sie faul. Nie lernt sie ihren Text richtig!«

»Ja, und warum hat Jajin sie dann in der Gruppe?«

»Warum!« Teresa klopft Kapka an den Kopf. »Bist du vielleicht blind? Er ist in sie verknallt! Fürchterlich!«

Kapka fängt an zu lachen. Teresas Ausdrucksweise findet sie witzig. Auch was sie beim Reden für ein Gesicht macht und wie erwachsen sie gestikuliert.

»Was lachst du denn?« fährt sie Kapka an. »Hör mal zu!«

Sie verstummen. Vom Gang her klingt entfernt ein Gespräch herüber. Die Worte sind nicht zu verstehen, die Mädchen können nur Veronikas spöttischen Alt heraushören, der von Jajins vibrierendem Tenor begleitet wird.

»Das ist diese Woche schon das dritte Mal, daß sie sich streiten!« Teresa erklimmt einen hohen Barhocker. Sie deutet Kapka an, das gleiche zu tun, und nähert ihren Mund Kapkas Ohr. »Mama hat gesagt, daß sie gestern abend nach der Vorstellung bis ins Büro gehört hätte, wie sie sich auf der Treppe angeschrien haben. Dann hätte eine Ohrfeige geknallt. Aber wer sie wem gegeben hat, ob Jajin Veronika oder Veronika Jajin, das weiß Mama nicht. Ich würde sagen, eher Jajin Veronika. Deshalb ist sie heute so unausstehlich!«

Der Vorhang hinter der Bar wellt sich, der weißhaarige Kopf eines alten Kellners schiebt sich aus ihm hervor.

»Guten Tag, Herr Mara«, lächelt Teresa und schlägt ein Bein über das andere. Jede ihrer Bewegungen strahlt das Bemühen aus, älter und erwachsener zu wirken, als sie in Wirklichkeit ist. »Haben Sie noch was von diesen Kartoffeln? Wissen Sie, diese ganz durchgebackenen!«

Der Kellner nickt und verschwindet.

»Ich hasse sie«, sagt Teresa leise, die Augen auf eine der Zeichnungen gerichtet, die an der Wand hängen.

»Wen?«

»Veronika! Am liebsten würde ich sie erwürgen!«

Kapka blickt verständnislos in Teresas Blaubeeraugen. Sie sehen zärtlich und unschuldig aus. Sie drängen einem die Vorstellung von gutherziger Naivität auf. Ganz sicher erzählen sie nichts darüber, daß ihre zwölfjährige Besitzerin etwas so Starkes, Romanhaftes und Unwahrscheinliches wie Haß gegenüber jemandem empfinden könnte.

»Du spinnst ja«, sagt Kapka und senkt ihre Hand in die Schüssel mit den Kartoffeln, die der weißhaarige Kellner vor sie hingestellt hat. Die Schüssel ist aus Holz, statt eines

Griffs hat sie einen geschnitzten Adlerkopf. Beim Anblick der Schnitzerei fliegen Kapkas Gedanken zum Vater. Aber nicht für lange. Teresa packt sie am Ärmel und zieht daran, als ob sie ihn ausreißen wollte.

»Wenn du wüßtest, wie sie Jajin in Rage bringen kann! Manchmal verdirbt sie ihm ganz absichtlich die Probe. Oder sie kommt erst fünf Minuten vor der Vorstellung ins Theater. Jajin läuft wie verrückt rum, ruft Hinz und Kunz an, und sie sitzt im Café auf dem Platz und schüttet Kaffee in sich hinein. Und weißt du, warum?«

Kapka schüttelt den Kopf. Teresas Erregung überträgt sich auf sie. Sie schiebt sich über die glatte Theke näher an sie heran, damit ihr auch kein Wort entgeht.

»Weil sie auf ihn eifersüchtig ist! Für Jajin ist das Theater die wichtigste Sache auf der Welt. Ohne Theater würde er sterben! Aber Veronika ist das Theater schnurzpiepegal. Ihr geht es nur darum, sich irgendwo zu produzieren!«

Kapkas Mundwinkel beginnen unwillkürlich zu zucken. »Weißt du, was ich denke? Daß du selbst in Jajin verliebt bist!«

Teresa weicht zurück. Eine Weile starrt sie Kapka schweigend an. Dann wirft sie den Kopf in den Nacken. »Na und?« sagt sie trotzig. »Was ist schon dabei?«

Kapka fühlt, daß sie Teresa weder verachten noch auslachen kann. Alles, was sie sagt und tut, wie übertrieben und pathetisch es auch immer klingt, ist auf irgendeine wahnsinnige Art und Weise wahr. Verrückt, aber es gefällt ihr.

»Hoppla, Kinder! Was ist denn los? Ihr sitzt ja hier wie drei Tage Regenwetter!« Auf der weißen Wand erscheint ein mächtiger Schatten. Teresas Mama steht in der Tür, füllig, lärmend, lachend, und zusammen mit ihr zieht Leben ins Kellergewölbe ein. Sie setzt sich auf einen Hocker, der unter ihrem gewaltigen Hinterteil restlos verschwindet; die eine Hand greift in die Kartoffeln, die andere krault liebevoll Teresas Haare. »Wie war die Probe?«

Teresa antwortet nicht. Man kann von ihrem angespannten Gesicht ablesen, daß sie auf die Geräusche aus dem Gang horcht. Beide Stimmen sind schon leiser geworden. Jajins klingt ruhiger, Veronikas zugänglicher. Schritte sind zu hören, die die Treppe hinaufgehen. Die Tür zum Hof fällt zu. Dann ist es still. Teresa atmet tief auf.

»Es kann nicht jeden Tag Sonntag sein«, verkündet Frau Rapplig philosophisch. Anscheinend kann sie sich auch ohne Teresas Antwort den Verlauf der Probe vorstellen. »Wenn die Probe schlecht ist, wird die Aufführung gut, sagt ein alter Schauspielerspruch. Also, nur keine Panik!« Sie zündet sich eine Zigarette an, schlürft ein wenig Kaffee aus dem Becher, den sie mitgebracht hat, und leckt sich über die Lippen. Ein wohliges »Aaaah« entweicht ihr. Ihr Gesicht leuchtet vor Zufriedenheit und innerer Ruhe, als bereite ihr alles, was sie tut, vom Kaffeetrinken bis zum bloßen Atmen, reinste Freude.

Durch eine Wolke von Zigarettenrauch, die sie durch Mund und Nase gleichzeitig herausbläst, so daß sie fast darin verschwindet, blickt sie Kapka an. »Du gefällst mir nicht besonders«, sagt sie. »Scherereien in der Schule?«

Kapka schüttelt den Kopf.

»Also zu Hause? Etwas mit dem Vater?«

Ihre Fähigkeit zu erraten, daß etwas nicht in Ordnung ist, und augenblicklich festzustellen, was es ist, verblüfft Kapka. Es strömt eine solch beruhigende Teilnahme von ihr aus, daß Kapka nicht widerstehen kann. Das Bedürfnis, jemandem ihre schweren Gedanken anzuvertrauen, die ihr seit dem gestrigen Abend durch den Kopf gehen, ist stärker als alle Hemmungen und alle Befangenheit.

»Man hat Papa die Ausstellung verboten«, stößt sie hervor. »Seine Statuen sehen angeblich nicht fröhlich genug aus.«

Teresas Mama hebt wieder ihren Becher, aber diesmal trinkt sie nicht. Eine Weile betrachtet sie ihn schweigend, als suchte sie im Kaffeesatz Lösung, Antwort und Trost zugleich. Dann blickt sie auf. »Ist das nicht der beste Beweis dafür, daß er ein guter Bildhauer ist?« sagt sie.

Kapka sieht sie verdutzt an.

»Wenn seine Statuen nichts wert wären, würde doch niemand etwas sagen«, fährt Teresas Mama fort. »Und dann wären sie auch niemandem ein Dorn im Auge. Wer würde sich dann die Mühe machen, sie aus der Ausstellung rauszuschmeißen?«

Langsam, ganz langsam beginnt Kapka den Sinn ihrer Worte zu begreifen. Sie empfindet etwas wie Stolz. Gleich darauf beunruhigt sie jedoch ein Gedanke, den sie sich bisher noch nicht eingestanden hat. »Und was ist, wenn sie ihm verbieten, seine Statuen überhaupt zu verkaufen?«

»Wer sollte ihm das denn verbieten?« wundert sich Teresa.

»Sie. Das sind die, die nicht wollen, daß die Leute nachdenken«, faßt Kapka Mamas Worte zusammen.

Frau Rapplig will etwas sagen, aber statt ihrer beginnt unvermutet der alte Kellner zu reden, der sich bis dahin nicht eingemischt hatte. »Was steht auf dem Schild da?« fragt er und zeigt auf ein vergilbtes Papier über der Bar.

»Verkauf warmer Speisen verboten«, liest Teresa laut.

Der Kellner nickt. »Und was ist das?» Er blinzelt spitzbübisch und zieht einen großen Topf mit Gulasch unter der Theke hervor. »Mittags und abends nach der Vorstellung stürmen hier alle hungrig wie die Wölfe herein. Womit soll ich sie satt kriegen? Mit einem Verbot? Ich bin doch kein Zauberer.« Er schiebt den Topf wieder unter die Theke und fährt sich mit einem kleinen Kamm durch die weißen Haare. »Die Zeiten sind schlecht«, lacht er, und es klingt, als sei alles in bester Ordnung. »Sie waren immer schlecht, aber es gab auch immer Leute, die sich damit zu helfen wußten.«

»Hoppla«, ruft Frau Rapplig, um die Trübsal von Kapkas und Teresas Gesichtern zu vertreiben. »Dann mixen Sie uns allen auf die schlechten Zeiten diesen ausgezeichneten Cocktail von Ihnen! Für die Mädchen natürlich ohne Gin!« Sie wendet sich Kapka und Teresa zu. »Wißt ihr, worauf wir anstoßen werden?«

»Auf die Premiere«, schlägt Kapka vor.

Teresa schüttelt den Kopf. »Lieber auf die Ausstellung. Daß sie stattfindet. Egal wo, und wenn's auf der Straße wäre!«

»Vor allen Dingen«, Teresas Mutter hebt warnend den Zeigefinger und fuchtelt den Mädchen damit vor den Augen herum, »vor allen Dingen trinken wir auf ein altes, bekanntes Sprichwort, das da sagt: Reden ist Silber, Schweigen ist Gold! Ihr seid schon groß genug, um zu begreifen, daß ihr so allerlei sehen und hören könnt, aber das besser für euch behaltet. Versteht ihr? Sonst macht ihr einer Menge Leute eine Menge Unannehmlichkeiten!«

Wie jeden Dienstag

An Kapka laufen große Tropfen herunter. Sie rinnen ihr über die Stirn, die Schläfen, aus der Nase und vom Kinn. Sie ist naß unter den Armen, die Hände kleben ihr am Körper, als seien sie auf der Innenseite mit Klebstoff bestrichen. Der Rücken juckt vor Schweiß. Sie nimmt eine Reisigbürste mit langem Griff vom Haken und beginnt ungeschickt sich zu kratzen.

»Soll ich helfen?« fragt eine ältere Frau, die auf der Bank gleich am Ofen sitzt.

Kapka nickt dankbar. Im nächsten Moment schon bedauert sie, daß sie die Hilfe nicht abgelehnt hat. Sie muß an sich halten, um nicht aufzuschreien. In den alten, ausgetrockneten Händen, die auf den ersten Blick durchscheinend und zerknittert wie Papier wirken, verbirgt sich ungewöhnliche Kraft. Die Frau walkt Kapkas Rücken auf eine Art und Weise durch, wie sonst Pferde gebürstet werden.

»Der ganze Körper muß durchblutet werden«, erklärt sie außer Atem. »Das ist der Sinn der Sauna. Die Leute überfressen sich übers Wochenende zu Hause, und am Montag kommen sie in die Sauna und denken, daß sie abnehmen, wenn sie nur eine Weile schwitzen.«

»Ich will gar nicht abnehmen«, wendet Kapka ein. Sie verzieht das Gesicht und beißt sich auf die Lippen. »Ich komme jeden Dienstag her. Immer nach dem Schwimmen. Wir haben das umsonst.«

»Nach dem Schwimmen? Na, das ist ja toll!« Die Frau pustet sich die Haare aus der Stirn und legt die Bürste weg. »Damit du's weißt, ich habe mein ganzes Leben als Masseuse der Schwimmnationalmannschaft gearbeitet. Jetzt bin ich schon pensioniert, aber ich habe nichts vergessen. Und Kraft hab ich auch, guck her!« Sie reibt sich die Hände, stellt sich breitbeinig hin und gräbt Kapka urplötzlich die Finger in die Schultern. »Nach jeder Sportart schmerzt ein anderer Körperteil«, doziert sie dabei. »Nach dem Schwimmen sind Schultern und Brustmuskulatur am meisten verspannt.«

Kapka jammert leise auf und schließt die Augen. Sie kommt sich vor wie in einem unsinnigen Traum, in dem sie in einen Backtrog gestoßen wurde und jemand jetzt um jeden Preis versucht, Brotteig aus ihr zu kneten. Um sich abzulenken, läßt sie ihre Gedanken zum Vater wandern. Zu seiner rätselhaften Krankheit, die sich in nichts anderem als Fieber zeigt. Hohe Temperatur und Müdigkeit. Gestern, nach dem Abendessen, als sie zu ihm ins Zimmer kam, war er wach. Er saß, in eine Decke eingewickelt, auf der Couch. Mama hatte ihm Kissen hinter den Rücken gestopft und ein Fieberthermometer in die Achselhöhle gesteckt. Gehorsam maß er seine Temperatur und blickte dabei auf die blauen Ofenkacheln. Es schien, als ob nichts anderes für ihn existierte.

»Tut dir was weh?« fragte Mama.

»Der Kopf«, antwortete er nach einer langen Weile, als Kapka schon dachte, er hätte die Frage überhört.

»Das kommt vom Fieber«, sagte Mama mit ihrer Krankenhausstimme und brachte ihm ein Aspirin.

Er schluckte es, trank Tee hinterher und richtete seine Augen wieder auf den Ofen. Den ganzen restlichen Abend sprach er kein einziges Wort mehr. Als Kapka sich an ihn schmiegte und selbst seine Hand auf ihren Kopf legte, begann er ihn gedankenlos zu streicheln. Er nahm sie überhaupt nicht wahr. Wenn sie ihm eine Fellmütze oder ihren alten Plüschfuchs unter die Hand geschoben hätte, hätte er die auch gestreichelt.

»Sooooh«, sagt die Masseuse gedehnt und richtet sich auf. »Du hältst einiges aus, das muß ich sagen!«

Kapka erhebt sich mit Mühe. »Danke, das war phantastisch!« Sie will der Frau eine Freude machen.

»Nu sag, fühlst du dich jetzt nicht weit besser? So irgendwie leichter? Ausgeruhter? Entspannter?«

»Weitaus«, nickt Kapka. Sie kann sich kaum auf den Beinen halten. »Ich danke Ihnen vielmals.«

»Nichts zu danken«, winkt die Frau ab. Ihre Hand ist von der Massage gerötet. »Ich lang ganz gern mal zu. Damit ich nicht aus der Übung komme. Wenn du was brauchst – du findest mich hier täglich zwischen vier und fünf.«

»Danke, auf Wiedersehen.«

»Nicht vergessen! Zwischen vier und fünf!«

Kapka wankt in den Waschraum und geht direkt unter die Dusche. Sie stellt das kalte Wasser an und reckt dem Wasserstrahl ihre lädierten Schultern entgegen. Sobald sie die ersten Tropfen auf der gereizten Haut fühlt, schließt sie wohlig die Augen.

Als sie nach einer halben Stunde blitzsauber und mit gefönten Haaren aus dem Gebäude des Stadions geht, empfindet sie wirklich eine ungewohnte Leichtigkeit. Es kommt ihr so vor, als habe sie ein Gewicht in der Sauna gelassen, das sie beschwerte und zur Erde zog. Sie geht durch eine Passage, und wie jeden Dienstag schaut sie kurz ins Schaufenster des Sportartikelgeschäfts, kontrolliert, ob der blaue Badeanzug mit den Punkten noch an seinem

Platz ist. Wie jeden Dienstag nimmt sie sich vor, Mama zu überreden, ihn ihr zu kaufen. Dann schlägt sie den Anorakkragen hoch und macht sich auf den Heimweg. Im Gegensatz zu allen vorangegangenen Dienstagen ist es heute aber nur ein Katzensprung bis nach Hause. Letzte Woche noch mußte sie zur Straßenbahnhaltestelle gehen, wo sie lange von einem Bein aufs andere trat und auf die überfüllte Zwölf wartete, die sich dann durch ganz Prag nach Liben schlängelte.

Heute biegt Kapka von der lauten Karmeliterstraße an der ersten Ecke nach rechts ab und taucht in das Gewirr der Gäßchen ein, die wie ausgestorben wirken. Es dämmert. Die kahlen Äste der Bäume strecken sich den engen Fenstern entgegen, in denen sich der trübe Himmel spiegelt. Die abgeblätterten Galerien hängen wie Schiffsdecke gestrandeter Frachter über den Höfen. Der Nebel, der sich am Tag über die Dächer und Schornsteine gehoben hatte, ist von neuem in die Straßen gefallen. Er verhüllt die Tore der Einfahrten, windet sich um die Straßenlampen, in feinen Tröpfchen setzt er sich auf die Schultern der steinernen Heiligen vor der Kirche.

Plötzlich taucht ein alter Mann mit schwarzem Hut und fersenlangem Mantel aus den Arkaden auf. Mit schleppendem Schritt geht er zur nächsten Laterne. Er hebt eine Hand mit einem langen Bambusstock, an dessen Ende ein Haken herausragt, fädelt ihn in die Drahtschlinge der Laterne ein und zieht daran. Aus dem Brenner züngeln bläuliche Gasflämmchen empor. Sie drehen und winden sich, wachsen langsam an, und ihre Farbe verändert sich. Jetzt sind sie grünlich, jetzt giftgelb, und jetzt leuchten sie auf, schaffen ein klares Licht, das sich auf dem Bürger-

steig am Fuß der Laterne wie in einen großen, honigfarbenen Kuchen ergießt. Der Mann mit dem Stock sieht nichts von alledem. Den Kopf weit vorgestreckt, geht er gekrümmt weiter, hüstelt, und vermummt in seinem Rabenmantel schleppt er sich zur nächsten Laterne.

Kapka steht reglos und beobachtet ihn, bis er hinter der Mauer des Parks verschwunden ist. Solch einem Wunder hat sie im Leben noch nicht beigewohnt. Die elektrischen Lampen in Liben mit den hohen, stählernen Füßen und den Giraffenhälsen gingen alle auf einmal an. Automatisch. Ohne Poesie. Sie berieselten Bürgersteig und Fahrbahn mit einem gleichmäßig harten und gleichgültigen Licht. Hier frißt sich der Schatten durch bis in die schiefen Winkel und engen Durchgänge, kriecht zwischen die Säulen der Arkaden und heftet sich wie ein schwarzes Hündchen an die Fersen der Fußgänger, von Laterne zu Laterne, von einem Honigkuchen zum nächsten.

Kapka geht an dem kleinen Platz mit der Kirche vorbei, gelangt ans Ende der schmalen Gasse und kommt an der Ecke beim Selbstbedienungsladen raus. Hier herrscht geschäftiges Treiben und Hasten. Vor dem Fenster, an dem die leeren Flaschen angenommen werden, steht Radek, zu seinen Füßen ein Einkaufswägelchen, voll mit Flaschen beladen. Mit beiden Händen zieht er die Flaschen heraus und stellt sie ins Fenster.

»Menschenskinder, bist du ein Säufer!« fährt ihn Kapka im Scherz an und beugt sich hinunter, um ihm zu helfen. »Das hast du alles selbst getrunken? In einer Woche oder einem Monat?«

»An einem Sonntag«, erwidert er auf ihre Sticheleien zerstreut. Er fühlt sich offensichtlich unwohl. Kapka hat nicht das Gefühl, als freute er sich besonders über dieses Treffen. Mit verbissener Miene fischt er mehr und mehr Flaschen aus dem Wagen und stellt sie auf der Theke auf. Schon sind vier lange Reihen voll.

»Zweiundzwanzig Bier, neun Wein und vier Rum«, verkündet die Kassiererin. »Das gibt zusammen fünfunddreißig Kronen!« Sie reicht ihm das Geld. Radek steckt es ein und dreht sich nach Kapka um. Als wäre er jetzt, wo die Flaschen zurückgegeben sind, erleichtert.

»Ich muß etwas einkaufen«, sagt er. »Wartest du auf mich?« Er wartet ihr Nicken nicht ab, drückt ihr den Griff des Einkaufswagens in die Hand und verschwindet eilig im Laden.

Kapka guckt ihm verdutzt hinterher. Sein Verhalten ist ganz anders als gestern. Unsicher. Als hätte er etwas auf dem Gewissen. Auf einmal, Gott weiß warum, erinnert sich Kapka an eine Clique von Halbwüchsigen in ihrer alten Straße. Sie trieben sich zwischen den Häusern herum und stahlen leere Bierkästen bei den Geschäften. In anderen Läden kauften sie sich dann für das Flaschenpfand volle Flaschen, um unter einer Brücke oder hinter dem alten Bootshaus lärmende Feten zu veranstalten. Ein paarmal war die Polizei dort erschienen, und im letzten Winter war bei einer besonders stürmischen Feier die fünfzehnjährige Erika, die Kapka gut kannte, ertrunken. Sie hatte im gleichen Haus gewohnt, nur zwei Stockwerke höher. Sie war in Pelzmantel und hohen Schuhen in den Fluß gefallen, und ehe sich der angeheiterte Rest der Clique versah, war sie in eine Strömung geraten und von dem mit Wasser vollgesogenen Pelzmantel auf den Grund gezogen worden. Jedesmal, wenn Kapka daran denkt, überläuft sie eine Gänsehaut. Zwei Tage, bevor es geschah, hatte sie mit Erika im Treppenhaus gesprochen, und sie hatten sich verabredet, zusammen ins Kino zu gehen. Kapka hatte auch schon Karten gekauft und war dafür eineinhalb Stunden angestanden. Natürlich hatte sie sich den Film nicht angesehen. Sie war nicht imstande gewesen, ins Kino zu gehen, und neben ihr wäre der Platz leer geblieben. Sie hatte die Karten nicht einmal verkauft. Sie hatte sie einfach weggeworfen.

Als sie mit ihren Gedanken hier angelangt ist, kommt Radek aus dem Geschäft. Er stellt die Plastiktüte mit dem Eingekauften auf den Wagen und ergreift den Griff.

Jetzt erst sieht er Kapka richtig an. »Was ist denn mit dir passiert? Hast du dich verbrannt?«

»Ich war schwimmen. Wie jeden Dienstag«, sagt sie. Von der Sauna und der Massage erzählt sie lieber nichts. Sie hat Angst, daß er sie aufziehen wird. »Und du? Wieso spielst du denn nicht Fußball?«

»Wenn ich einkaufe, spiele ich nicht Fußball, ist doch logisch, oder?« Er manövriert den Wagen unter die Arkaden und macht bei einer breiten Einfahrt neben einem Gemüsegeschäft halt. »Soll ich dir ein Exemplar zeigen?« fragt er.

»Aus deiner Sammlung?«

»Das hier ist ein Exemplar für sich. Die muß in keiner Sammlung sein!« Er führt Kapka in die Einfahrt. Gleich dahinter, unter einer langen Galerie, ist eine offene Tür. Der feuchte Geruch von eingelagerten Kartoffeln und Gemüse dringt heraus.

»Kruzitürken! Wer ist nur darauf wieder gekommen!« ist von innen eine ärgerliche Stimme zu hören. Gleich danach läuft eine zierliche Frau in einem Kittel heraus, der früher zweifellos einmal weiß war, auf dem aber jetzt Braun und Grün vorherrschen. »In der Direktion sitzt eine Pute, die wohl statt eines Hirns rote Grütze im Kopf hat, und ich soll mir deswegen noch zwei Hände anschrauben, nein danke!«

Die Stimme der kleinen Frau hört sich an, als gehöre sie eher einem irischen Seemann. Sie tönt rauh durch die Einfahrt und läßt die Fensterscheiben erzittern. »Und wenn das hier alles anfängt zu faulen, dann soll diese Pute gefälligst selbst hierherkommen und den Mist zusammenschaufeln! Und dann stopf ich ihr eine schimmelige Kartoffel in den Mund. Wenigstens wird sie dann keinen Durchzug mehr in der Rübe haben!« grölt sie, als stünde sie auf der Bühne des Nationaltheaters und müßte bis zu den hintersten Stehplätzen hinüberschreien. Auf den Galerien erscheinen wie auf einer Empore die ersten Zuschauer in Schürzen, Jogging-Anzügen und Bademänteln, so, wie sie das Geschrei aus der häuslichen Gemütlichkeit gerissen hat. Sie lehnen sich an das Geländer, einige lachen, andere schütteln den Kopf und tippen sich an die Stirn.

»Sie sind nicht zufällig etwas verärgert?« fragt Radek und tritt näher an die Gemüsefrau heran, die ihn in ihrem Zorn bisher gar nicht bemerkt hat.

Jetzt dreht sie sich herum wie von der Tarantel gestochen. »Verärgert? Da kannst du Gift drauf nehmen, daß ich verärgert bin! Du würdest auch nicht vor Freude tanzen, wenn du bis zum Abend fünfundfünfzig Kisten reintragen und ordnen müßtest!«

»Mit was?«

»Kartoffeln! Davon red ich doch schon eine halbe Stunde, mach dir mal die Ohren sauber! Sie haben sie mir einfach in die Einfahrt gestellt, die Idioten, und jetzt kann ich alles alleine machen!«

»Soll ich Ihnen helfen?«

»Du würdest mit anpacken?« sagt sie strahlend, und Kapka stellt mit Erstaunen fest, daß sie ziemlich jung ist und überhaupt nicht häßlich. »Radek, mein Goldherz, dich hat der oberste Kartoffelgott persönlich vorbeigeschickt! Komm, auf geht's, zu zweit haben wir das ruck, zuck!«

»Ich kann auch helfen«, bietet sich Kapka an.

»Weißt du, womit du mir am meisten helfen würdest? Wenn du solange in den Laden gehen könntest, damit ich nicht zumachen muß.«

»Sie lassen mich verkaufen?« Kapka reißt die Augen auf. »Sie kennen mich doch gar nicht!«

»Diese Pute von der Direktion würde ich nicht hinter die Theke lassen! Im Gegenteil, die kenn ich nur zu gut und weiß, daß sie eine Möhre nicht von einer Zwiebel unterscheiden kann! Aber du, wenn ich mir dich so ansehe, bist du sicher nicht auf den Kopf gefallen. Sonst wäre der Radek auch nicht mit dir befreundet. Also hopp, und wir legen jetzt hier mal los!« Sie reicht Kapka einen anderen Kittel, der etwas sauberer ist als der, den sie selbst anhat, geht mit ihr ins Geschäft und führt ihr vor, wie man die Kasse öffnet. Dann verschwindet sie im Lager.

Kapka stützt sich auf den Ladentisch. Durch das Schaufenster kann sie den Platz sehen. Er ist voller Menschen, die aus der Arbeit kommen, in die Straßenbahn ein- und aussteigen und sich in den Eingängen zu den Geschäften aneinander vorbeizwängen. Durch die Arkaden windet sich ein Maskenumzug. Es erklingt ein Getöse von Pfeifen, Trommeln und Trompeten. Ein Maskierter drückt sein

Gesicht an die Scheibe und streckt Kapka durch die Öffnung in der Maske die Zunge heraus. Dann klingelt er mit den Schellen, die an seinen Handschuhen festgenäht sind, und läuft hinter den anderen her. In dem Augenblick geht Kapka ein Licht auf. Wie ein Fisch, jäh und überraschend, schwimmt ein Gedanke, der den ganzen Nachmittag auf seine Gelegenheit gewartet hat, aus ihrem Unterbewußtsein nach oben. *Und wenn die Ausstellung auch auf der Straße wäre!* Na klar, Teresa hat recht! Wenn es eine wütende Gemüsefrau schafft, mit bloßem Geschrei Zuschauer in den Hof zu locken, warum sollten Vaters Statuen nicht das gleiche schaffen? Kapka hüpft vor Erregung fast auf und ab, sie beruhigt sich aber gleich wieder und setzt ein seriöses Gesicht auf, weil ein Kunde ins Geschäft tritt.

»Was darf es sein?« fragt Kapka geschäftsmäßig.

»Zwei Kilo Äpfel.«

Sie nimmt eine Tüte und wendet sich dem Obstregal zu. Und während sie die Tüte füllt und abwiegt, sieht sie statt der Äpfel Vaters Gesicht vor sich. Sie ist sich nicht sicher, ob er ihren Vorschlag mit der gleichen Begeisterung wie sie oder mit erwachsener Bedächtigkeit aufnehmen wird, aber eins weiß sie genau: Dieser gleichgültige und unbeteiligte Ausdruck, der sich in den letzten zwei Tagen auf seinem Gesicht niedergelassen hat, wird verschwinden. Daran hat sie nicht den geringsten Zweifel.

Radek nickt großmütig. »Gar nicht so dumm«, räumt er ein. »Man müßte nur ordentlich Reklame dafür machen.«

»Für Reklame ist keine Zeit. Papa holt die Statuen übermorgen ab.«

»Also haben wir noch den ganzen Tag morgen. Machen wir ein Plakat und Flugblätter!«

»Wofür Flugblätter?«

»Die schieben wir den Leuten unter der Tür durch oder in die Briefkästen. Ein paar kleben wir an Litfaßsäulen und Telefonhäuschen.« Der Gedanke hat ihn schon gepackt. Tief nach vorn gebeugt geht er neben Kapka her, stützt sich auf den Einkaufswagen und blickt auf das Pflaster, als ob er dort weitere Einfälle suchte. »Ich geh bei ein paar kunstliebenden Exemplaren vorbei, damit soviel wie möglich verkauft wird. Außerdem müßte Musik her, verflixt noch mal!« überlegt er laut. »Aber die bring ich nicht so schnell bei.«

»Moment mal. Zuerst muß ich Papa fragen, ob er überhaupt damit einverstanden ist.«

»Warum sollte er damit nicht einverstanden sein?« Er blickt auf. Verständnislos. So etwas ist ihm anscheinend überhaupt nicht in den Sinn gekommen. »Eine normale Ausstellung haben sie ihm verboten, also muß er sich irgendwie wehren, oder?«

»Sich wehren! Du müßtest ihn mal kennenlernen. Das ist genau das, was er überhaupt nicht kann«, seufzt Kapka. »Bei einigen Sachen komme ich mir manchmal sogar vor wie seine ältere Schwester, ohne Spaß!«

»Dann erklär ihm als seine ältere Schwester ohne Spaß, daß eine Ausstellung auf der Straße ein genialer Einfall ist. Er braucht sich um nichts zu kümmern, ich werde alles organisieren!«

»Hör auf zu spinnen! Glaubst du, daß Papa die Vorbereitung einer Ausstellung einem dreizehnjährigen Grünschnabel überläßt? Noch dazu, wenn er ihn überhaupt nicht kennt?«

»Erstens werde ich vierzehn ...«

»In einem Jahr, oder?« lacht Kapka. Sie freut sich diebisch, daß sie ihm endlich eine Lektion erteilen kann. »Zufällig weiß ich, daß du erst in die siebte Klasse gehst!«

»Genauso zufällig weißt du wahrscheinlich auch, daß ich vorletztes Jahr Gelbsucht hatte und eineinhalb Monate im Krankenhaus lag und weitere zwei Monate im Erholungsheim rumgesessen bin. Aus welchem kühlen Grunde ich wiederholen mußte.«

Kapka schweigt betreten. Darüber hatte sich Teresa nicht geäußert.

»Zweitens«, fährt Radek fort, als ob nichts passiert wäre, »bin ich nicht nur intelligent, sondern auch weltgewandt. Was gibt's da zu lachen? Als sechs Monate altes Baby war ich in Amerika! Und drittens sag deinem Vater, daß ich eine feine Nase habe!«

»Das wird eine Neuigkeit für ihn sein!« kichert Kapka. »So was hat er sicher nicht erwartet!«

»Eine feine Nase für Leute, dumme Gans! Ich bringe ihm Kunden, daß er nur so mit den Ohren schlackert!«

Kapka preßt die Lippen zusammen. Sie zieht die Brauen hoch. Gerade will sie gründlich beleidigt sein wegen des Geflügels und was er sich denkt, sie einfach so zu nennen, kommt jedoch nicht mehr dazu. Über Radeks Kopf erhebt sich eine schmale Hand und fährt ihm mit den Fingern in die zerzausten Haare.

»Wen willst du wieder überraschen? Wer wird schon wieder mit den Ohren schlackern?«

Radek dreht sich um. »Hallo, Mama!« Seine Schultern befinden sich auf gleicher Höhe wie der Kopf der Frau. »Ich hab die Flaschen zurückgebracht, aber für die Butter hat das Geld nicht mehr gereicht, da hab ich Margarine gekauft. Macht das was?«

Statt einer Antwort schüttelt die Frau den Kopf. Und ihre Augen wandern zu Kapka.

»Das ist Kapka«, sagt Radek und schiebt sie vor. »Wie heißt du eigentlich weiter?«

Kapka hat die größte Lust, ihn abzufertigen, daß ihn das nichts angeht. Aber Radeks Mutter reicht ihr schon die Hand. »Koutny«, stellt sie sich vor.

»Hujar«, sagt Kapka und drückt die angebotene Hand. Sie ist warm und weich, als wären keine Knochen drin.

»Komm doch mit zu uns«, schlägt Radeks Mutter vor. »Wir trinken jetzt Tee, und ich mache einen Pudding dazu.«

Kapka überlegt. Radek läßt ihr jedoch keine Zeit für Entschlüsse. »Meine Güte!« schreit er. »Hat die ein Glück! Stellt sich zum ersten Mal vor und wird schon zum Pudding eingeladen! Und dabei weißt du noch nicht mal, was dich erwartet! Mamas Pudding ist einfach himmlisch! Weit und breit bekannt! Wer ihn einmal probiert hat, schwärmt davon bis zum Ende seines Lebens!«

»Du und deine große Klappe!« Radeks Mama tritt ins Haus und hält ihm die Tür auf, damit er den Wagen durchschieben kann. »Ich kann mich schon gar nicht mehr erinnern, wann ich die zum letztenmal geschlossen gesehen hätte.«

»Das kommt von den Polypen. Die sind geschwollen. Aber mit dem Pudding, das stimmt«, wendet er sich Kapka zu. »Im Sommer, wenn Mama Pudding kocht und die Fenster offenstehen, rotten sich die Leute auf der Straße zusammen, schnuppern und betteln, daß sie wenigstens den Topf auslecken dürfen!«

Während seines Gequassels sind sie im ersten Stock angelangt. Das Treppenhaus atmet Kühle und Feuchtigkeit aus.

»Guck mal«, zeigt Radek auf die Säulen des steinernen Geländers, die in Form von Köpfen gearbeitet sind. Jede Säule hat eine andere Gestalt. »Die Alchimisten des Kaisers Rudolf. Sie haben versucht, den Stein der Weisen für ihn herzustellen, aber es ist ihnen nicht gelungen. Der erfolgreichste soll irgendein Italiener gewesen sein, den hat aber der Teufel geholt.«

»Mit dem Stein der Weisen?«

»Den hat er angeblich kurz davor in den Fluß geworfen.« Sie treten in die Diele.

»Mirka!« ruft Radeks Mutter. Aus einem Zimmer taucht das Mädchen auf, das Kapka am Sonntag am Fenster gesehen hat. Ihre langen Haare hat sie äußerst sorgfältig über Rücken und Schultern gebreitet. Sie sieht aus, als hätte sie sich den ganzen Nachmittag nichts anderem als ihrer Frisur gewidmet.

»Hallo«, flüstert sie und gibt ihrer Mutter einen Kuß auf die Wange. »Papa ist zu Hause. Er kam . . . na, wie immer und hat sich hingelegt.« Das Gesicht von Radeks Mutter verdüstert sich. Mirka beäugt Kapka unsicher. Es scheint, daß sie noch etwas hinzufügen wollte, sich aber in ihrer Anwesenheit schämt.

»Ich muß gehen!« Kapka beginnt sich den Anorak zuzuknöpfen, den sie schon halb ausgezogen hatte. Sie fühlt, daß etwas nicht in Ordnung ist, und will nicht stören.

»Wo willst du denn hin?« Radek nimmt ihr den Anorak ab und hängt ihn auf den Haken. Dann breitet er weit die Arme aus. »Das ist mein Schwesterchen Mirka, und das ist Kapka. Seid nett zueinander, Mädels, habt euch gern und streitet euch nicht!« Er schnieft ein paarmal, um seine Ergriffenheit zu überwinden.

Mirka verzieht das Gesicht. Mit weiblicher Solidarität blickt sie Kapka an. »Hast du auch so was Gräßliches zu Hause?«

Kapka schüttelt den Kopf. Sie erinnert sich an die Brüder. Wie sie mit ihr gespielt haben, als sie klein war. Durch den vierzehnjährigen Altersunterschied hatten sie sich ihr gegenüber eher wie Onkel benommen. Sicher, schon irgendwie verrückte Onkel. Michael hatte ihr unanständige Gedichte beigebracht und war immer halb durchgedreht vor Vergnügen, wenn sie die dann gefühlvoll bei Besuchen rezitiert hatte. Pawel wiederum hatte sie zu allen möglichen Streichen angestiftet. Einmal bestrich er die Sohlen seiner Turnschuhe mit schwarzer Farbe, zog sie Kapka über die Hände und setzte sie sich auf die Schultern. »Kapkalein, Süßes, möchtest du wie eine Fliege über die Decke trippeln?« hatte er sie honigsüß gefragt. Kapka hatte begeistert die Arme hochgehoben und zu Pawels großer Freude so lange die Fliege gemacht, bis die ganze Decke mit schwarzen Spuren übersät war.

Als die Brüder vor einiger Zeit aus dem Hause gegangen waren, Pawel nach Brünn und Michael nach Pilsen, hatte sich eine traurige Stille über die Wohnung gesenkt. Kapka sehnt sich nicht nur nach ihren morgendlichen Streitereien um frische Strümpfe, Mensamarken und darum, wer nachts geschnarcht hätte, sondern auch nach den Wahnsinnswettbewerben, die sie veranstaltet hatten. Zum Beispiel, wem der Bart schneller wächst oder wer mehr Zwetschgenknödel auf einmal essen kann. Genauso fehlen ihr auch Michaels Pfeifen im Badezimmer und Pawels chemische Experimente, die sich für gewöhnlich am äußersten Rand einer Katastrophe bewegten.

Viermal im Jahr, an Mamas, Papas und an ihrem eigenen Geburtstag kommen sie nach Prag, und schlagartig werden aus einem seriösen Lehrer und einem verantwortungsvollen Arzt unverbesserliche Zankhähne, kindische Zwillinge, die sich bereits beim Betreten der Diele zu streiten beginnen und erst abends aufhören, wenn sie sich auf dem Bahnhof in zwei Züge setzen, die in entgegengesetzte Richtungen fahren.

»Ich habe zwei Brüder, die sind aber vierzehn Jahre älter«, sagt sie zu Mirka. In dem Moment fällt ihr ein, daß Mama in nicht ganz einer Woche Geburtstag hat. Augenblicklich beginnt sie sich zu freuen.

»Also, wer hilft mir?« Radeks Mutter ist schon in der Küche und zieht sich die Schürze über den Kopf. »Mirka, setz du Teewasser auf. Radek kann drei Eier aufschlagen.«

»Und ich?« fragt Kapka.

»Du bist Besuch«, sagt Radek und setzt sie auf einen Stuhl. »Sitz und unterhalt uns. Oder fang schon mal mit den Flugblättern an!« Er verschwindet und erscheint nach einer Weile mit einem Stoß Papier und einem Kinderdruckkasten.

»Also, druck schon mal: Ausstellung auf dem Uvoz! Oder nein. Ausstellung bei der Goldenen Schlange, das klingt besser. Und darunter: Erste Kleinseitner Statuen-Ausstellung direkt auf der Straße. Kein Eintritt. Kein Gedränge. Ein rein künstlerisches Erlebnis. Achtung, Achtung! Nur einen einzigen Nachmittag! Kommen Sie, sehen Sie, kaufen Sie! Eine Statue verschönt Ihre Wohnung und dient im Falle eines Falles auch als Kleiderständer! Zögern Sie nicht, warten Sie nicht! Bei der Goldenen Schlange! Schon heut und nicht morgen!«

»Was machst du da?« fragt ihn seine Mutter erstaunt.

»Ich sage ihr, wie sie das schreiben soll. Das muß Pfiff haben!«

»Ich pfeif dir gleich eine! Kannst du mir mal sagen, was du mit dem Ei da vorhast?«

Radek verstummt. Verdutzt schaut er auf die Teekanne, in die er vor einer Weile gedankenverloren das erste Ei hineingeschlagen hat. In seiner schöpferischen Verzückung ist er gerade dabei, das zweite hinzuzufügen.

»Das kann man wieder rausnehmen«, sagt er unsicher. »Das kann man abputzen.«

»Das kann man nicht rausnehmen, das kann man nicht abputzen«, sagt die Mutter kopfschüttelnd. »Das kann man wegschmeißen! Was Besseres kann man damit nicht machen!«

Mirka und Kapka gucken in die Kanne. Das Ei ist wirklich nicht mehr zu gebrauchen. Es ist auf dem Grund zerlaufen, in der gelben Brühe schwimmen schwarze Teeblätter.

KINDER-
DRUCKEREI

»Ich dachte ...«

»... an etwas viel Wichtigeres, wie üblich«, seufzt Radeks Mutter und läßt etwas warmes Wasser in die Kanne laufen. »Kapka, geh und schütt das bitte in die Toilette. Es ist die Tür rechts vom Wohnzimmer.«

Kapka nimmt die Kanne und tritt in den Flur. Nach einigen Schritten hält sie überrascht inne. Sie hat das Gefühl, der Raum kippe mit ihr um, ziehe sich zusammen und dehne sich wieder aus. Sie schaut sich um. Die Wände strekken sich einander in den verschiedensten Winkeln entgegen, kein einziger ist rechtwinklig. Der Architekt, der das Haus irgendwann einmal entworfen hat, hielt wohl nicht viel von Symmetrie. Auch die Decke hat er äußerst seltsam gestaltet. Aus Holz, mit starken Stützbalken, bedeckt mit den unterschiedlichsten Verzierungen und Abbildungen.

Kapka beugt sich zurück und legt den Kopf in den Nakken, um die Gemälde besser betrachten zu können. In der Mitte ragt ein Engel empor. In jeder Hand hält er ein Schwert. Aus seinen Augen und den Schwertern lodern Flammen heraus. Zu beiden Seiten kauern kleine schwarze Teufel. Die einen haben Klumpen von irgend etwas, was wie Butter aussieht, in den Klauen, was aber wahrscheinlich Gold darstellen soll; die anderen halten Reagenzgläser und Destillierkolben, und ein Winzling, ganz in der Ecke, sitzt auf einem riesigen Fernglas. Kapka geht näher an ihn heran. Er gefällt ihr. Er hat rote Augen, ein Maul wie eine Ofentür und einen kahlen Schwanz mit einer kleinen Quaste am Ende. Über ihm wellt sich eine seltsame Aufschrift. Kapka stellt sich auf die Zehenspitzen, um sie besser entziffern zu können, aber es gelingt ihr nicht, das Gleichgewicht zu halten. Sie fängt an zu schwanken, macht ein paar schnelle Ballettschritte nach hinten, worauf sie auf den Fersen landet und an etwas anstößt. Sie schreit auf, und die Kanne fällt aus der Hand.

»Herrgott noch mal, was läufst du mir hier vor den Füßen rum! Schau, wie du mich naß gemacht hast, du dumme Ziege! Kannst du deine Augen nicht aufsperren? In der eigenen Wohnung ist man schon nicht mehr sicher! Zisch ab, oder ich zieh dir eins über, daß du 'ne Woche nicht mehr sitzen kannst, du Trampel!«

Kapka starrt eine Sekunde oder zwei entsetzt den Mann über sich an, dessen Verwünschungen und Flüche ohne den geringsten Zweifel für sie bestimmt sind. Er ist zerzaust und unrasiert, seine Augenränder sind rot entzündet, und aus seinem Pyjama rinnt das Wasser mit dem Eigelb, mit dem sie ihn bespritzt hat.

»Glotz nicht und hau ab!« fährt er sie von neuem an, er hebt sogar die Hand. Kapka zögert nicht länger. Sie wendet sich hastig um, läuft durch die Diele, zieht ihren Anorak vom Haken und schießt in den Hausflur. Sie nimmt zwei Stufen auf einmal. Sie läuft, als ginge es um ihr Leben. Erst unten auf dem Bürgersteig macht sie halt. Im feinen Nieselregen. Sie merkt, daß sie ihre Tasche mit dem Handtuch und dem Badeanzug in der Garderobe gelassen hat. Und ihre Schuhe. Sie steht in Filzpantoffeln auf dem feuchten Pflaster, in die rasch Wasser einzudringen beginnt. Sofort sind beide Fersen naß. Trotzdem schlägt sie den Heimweg ein. In Radeks Wohnung wird sie nicht zurückgehen, selbst wenn sie dadurch den ersten Preis im Lotto gewänne. Und wegen der Schuhe schon gar nicht.

Sie geht langsam und bemüht sich, mit den Fußkanten aufzutreten, damit ihre Füße nicht ganz naß werden. Nach ein paar Schritten hört sie Rufen hinter sich. Sie dreht sich um. Radek läuft hinter ihr her, in einer Hand die Schuhe, in der anderen die Tasche mit dem Badeanzug.

»Warte!« schreit er. »Wo willst du hin?« Als er nur noch ein Stück von ihr entfernt ist, fängt er an zu lachen. »Was ist denn mit deinen Füßen? Du watschelst wie eine Ente!«

Kapka schweigt. Ihr ist weder zum Lachen noch zum Reden zumute. Sie ist verlegen. Dieser unrasierte, rot angelaufene, schreiende Mensch im Pyjama konnte niemand anderes gewesen sein als Radeks Vater. Sie kann sich vorstellen, wie Radek zumute ist, wie ihr an seiner Stelle zumute wäre. Sie versucht zu lachen und zeigt auf ihre Pantoffeln.

»Meinst du, ich habe sie kaputtgemacht?«

Radek winkt ab. Er reicht ihr die Schuhe. »Willst du sie dir nicht besser auf dem Mäuerchen anziehen?«

Sie überqueren die enge Straße, und Kapka schwingt sich auf das Mäuerchen, das von uralten Akazien umsäumt wird. Auf der anderen Seite fällt steil der Laurenzigarten ab, zu dieser Zeit dunkel und verlassen. Zwischen den kahlen Ästen der Bäume schwimmen die Flämmchen der Laternen. Wie goldene Fische. Hinter ihnen, am Fuß des Laurenzibergs, leuchtet das Krankenhaus.

»Mama hat gesagt, ich soll mich bei dir entschuldigen«, sagt Radek unvermittelt. Er lehnt sich an den rissigen Stamm der Akazie und schaut durch seine Krone zum Himmel.

»Wofür?«

»Du weißt schon! Für Papa. Nur . . .« Er verstummt. Im Schatten des Baumes sind nur die Konturen seines Gesichts zu sehen. Das Oval der Gesichtsform. Die gerade

Nase. Der blasse Fleck der Stirn. »Aber ich kann doch nichts dafür, wie er ist! Und er kann eigentlich auch nichts dafür.«

Kapka will nichts fragen, um Radek nicht noch mehr aufzubringen. Er scheint sehr erregt zu sein.

»Manchmal könnte ich ihn umbringen! Und dann tut er mir wieder leid. Er will nicht so sein, nur kann er sich nicht helfen. Niemand kann ihm helfen. Er ist unglücklich, also trinkt er. Wenn du wüßtest, wie er manchmal nach Hause kommt! Mama muß ihn dann ins Bett bringen! Und er schreit sie noch an!«

»Und warum ist er unglücklich?« fragt Kapka.

Radek antwortet nicht. Er blickt in den Himmel, der auf der einen Seite von der Kuppel auf dem Laurenziberg, auf der anderen von den Hausdächern abgebissen wird. Er scheint nichts mehr sagen zu wollen, als er sich auf einmal umdreht und sich mit den Handflächen auf das Mäuerchen stützt. Direkt neben ihren Beinen, als hätte er Angst, daß sie ihm davonläuft. »Ich kann mich schon fast nicht mehr daran erinnern, wie er normal war«, sagt er. »Als ich noch ganz klein war, haben wir zusammen alle Winkel auf dem Laurenziberg durchstöbert. Und im Herbst haben wir dort Birnen gesammelt. Da war er noch okay. Aber dann ist ihm etwas passiert. Mama sagt, daß es mit seiner Arbeit zusammenhängt. Ich weiß nicht. Was ich aber weiß, ist, daß er schon das ganze Geld vertrunken hat, das Mama und er gespart hatten. Oft reicht's nicht mal für die Miete. Hast du diese Batterie von Flaschen gesehen, die ich heute zurückgebracht hab? Die hab ich in der Abstellkammer ausgegraben und gewaschen, damit ich was fürs Abendessen kaufen konnte.«

Kapka fühlt, wie es ihr in den Oberschenkeln kribbelt. Es kommt nicht nur daher, daß Radeks Arme sie von beiden Seiten wie ein Schraubstock einklemmen; es läuft ihr ein Schauer durch den ganzen Körper. Vor ihren Augen entsteht unwillkürlich das Bild des hinkenden Herrn Paderlik, der in Liben im Selbstbedienungsrestaurant ein Bier nach dem anderen in sich hineingeschüttet hat, solange sein Geld reichte. Mittags taumelte er meistens auf die Straße hinaus. Er hielt die Kinder an, die aus der Schule kamen, und fragte sie in Rechnen und Grammatik ab. Er zeigte ihnen seine Uhr, die er irgendwann einmal aus Amsterdam mitgebracht hatte. Auf der Uhr, in der Mitte zwischen den Zeigern, war ein Schiff. Wenn die Uhr ging, schaukelte es. Genauso wie Herr Paderlik. Er behauptete, in seiner Jugend Matrose gewesen zu sein. Sie glaubten ihm beinahe. Manchmal stellte er sich mitten auf den Bürgersteig, grölte und fuchtelte mit den Händen. Die Jungen riefen ihm zu: »Windmühle!« Oder »Noch ein Bier!« Oder »Kapitän!« Kapka mochte ihn. Sie blieb gern bei ihm stehen und hörte seinen Geschichten zu, die oft lächerlich, machmal etwas derb, aber niemals dumm waren.

Jetzt, unter dem Eindruck von Radeks Worten, sieht sie den hinkenden Paderlik auf einmal ganz anders. Ihr wird bewußt, daß er auch irgendwo gewohnt hat. Daß er von der Straße nach Hause kam, betrunken und müde, daß ihn seine Frau vielleicht auch ins Bett gebracht hat, daß er sie vielleicht auch beschimpft hat. Und wenn er im Pyjama durch die Wohnung torkelte, das lahme Bein hinter sich herziehend, aufgedunsen und unrasiert, hatte ihn seine ganze Fröhlichkeit sicher schon lange verlassen, und er war um nichts angenehmer als Radeks Vater.

»Das läßt sich aber doch heilen«, sagt Kapka schüchtern. »Ich habe gehört, daß es irgendwo ein Heim gibt . . .«

»Ein Heim!« schreit Radek. »Wozu, wenn Papa nicht will? Er war schon zweimal dort! Er ist immer davongelaufen! Manchmal überkommt es ihn, und er hört von selbst auf. Vierzehn Tage hat er's ausgehalten! Bis heute.«

»Und deine Mutter?«

»Die ist wegen ihm schon ganz krank. Und Mirka spricht nicht mit ihm. Sie will aus dem Haus. Irgendwohin ins Internat.«

»Glaubst du, sie will das wirklich?«

»Eher heiratet sie, sobald sie kann. Dumm genug ist sie dafür.« Er senkt den Kopf. Kapka fühlt, wie er krampfhaft seine Finger in dem Mäuerchen verkrallt. Er zittert. Vielleicht vor Kälte. Er hat nur ein T-Shirt an, das auf Rücken und Schultern durch und durch naß ist. Der Regen wird langsam dichter, er tropft schon von den Ästen der Akazie, unter der er steht. Der Wind treibt ein abgerissenes Plakat den Bürgersteig hinauf und rüttelt an den Zylindern der Lampen.

Kapka hebt die Hand. Sie läßt sie unschlüssig ein paar Zentimeter über Radeks Kopf hängen. Sie hat Lust, seine Haare zu berühren, aber gleichzeitig scheut sie sich. Es kommt ihr in den Sinn, daß es das erste Mal in ihrem Leben ist, daß sie mit einem Jungen so spät abends allein ist. Das erste Mal in ihrem Leben, daß sie mit einem Jungen nicht dummes Zeug redet, sondern über ernsthafte Dinge. Das erste Mal in ihrem Leben, daß ihr jemand etwas so Wichtiges anvertraut hat. Sie nimmt allen Mut zusammen und legt ihre Hand auf Radeks durchnäßte Haare.

Der Junge zuckt zusammen. Er richtet sich auf, geht

einen Schritt zurück. »Was ist?« sagt er mit fremder, feindseliger Stimme. »Ich hab's nicht nötig, daß du mich bemitleidest, kapiert? Auf so ein blödes Mädchenmitleid leg ich keinen Wert! Geh nach Hause! Und wenn du jemandem weitersagst, was ich dir erzählt hab, dann kannst du was erleben!«

Er sieht sie nicht einmal mehr an, greift die Pantoffeln und rennt auf die andere Straßenseite. Fast überfährt ihn ein Auto. Eins von den fünfen, die hier in der Stunde vorbeifahren. Der Fahrer tritt auf die Bremse, es ist noch ein Glück, daß er auf dem feuchten Pflaster nicht ins Schleudern kommt. Er beugt sich aus dem Fenster.

»Hast du Kartoffeln auf den Augen, du Bengel?« schreit er. »Je größer, desto dümmer!«

Radek dreht sich nicht um. Mit großen Sprüngen läuft er auf sein Haus zu, stemmt sich gegen die Tür und verschwindet im Hausflur. Kapka sieht ihm wie erstarrt hinterher. Sie versteht nicht, womit sie ihn so wütend gemacht hat, wo sie doch etwas ganz anderes empfunden hat. Sie schüttelt den Kopf, bis ihr die Regentropfen aus den Haaren auf die erhitzten Wangen spritzen. Mit einem Seufzer gleitet sie von dem Mäuerchen. Sie hebt die Tasche mit dem Badeanzug auf und macht sich auf den Heimweg. Hinter ihr ertönt das Tuten eines Dampfers vom Fluß herüber, wehmütig, tief, vom Wind zerfetzt. Es erinnert sie an das Heulen eines Hundes.

»Gegenwart«

Die Sonne scheint glühend vom Himmel herunter. Der Morgenwind hat den Himmel saubergefegt, der sich jetzt am Nachmittag in weichen, bläulichen Falten über Prag wölbt, als fürchte er, die Stadt sonst zu zerdrücken. Das Gold der Kirchturmspitzen und der Wetterhähne glänzt, daß es in den Augen weh tut.

»Noch ein Stückchen höher!« ruft Vater. Er steht auf einem Mäuerchen und befestigt eine Wäscheschnur am Stamm einer Akazie. Das andere Ende der Schnur wickelt Radek um die Laterne auf dem Bürgersteig gegenüber. »Ja genau! Jetzt ist es richtig!« Er springt herunter und klopft sich den Schmutz von den Händen. Dann hebt er die Augen. In einer Höhe von nicht ganz drei Metern schwingt ein weißes Transparent mit schwarzer Aufschrift über dem engen Gäßchen:

GEGENWART
Ausstellung von Statuen und Plastiken
Michael Hujar

Die Buchstaben sind kräftig, man kann sie auch aus weiter Entfernung lesen.

»Super, oder?« fragt Radek.

Der Vater nickt zufrieden. Er ist schon den zweiten Tag wie besessen. Fieber und Kopfschmerzen sind spurlos verschwunden, eine fieberhafte Unternehmungslust ist an ihre Stelle getreten.

Als Kapka ihm vorgestern abend den Plan mit der Ausstellung dargelegt hatte, hatte er zuerst resolut den Kopf geschüttelt. »Das gibt nur Ärger«, hatte er gesagt. »Sie würden es als Provokation auffassen.« Kapka hatte nicht gefragt, wer. Sie konnte sich leicht denken, daß Vater von *ihnen* sprach. *Sie* sind mächtig und können alles, was sie sich vornehmen - soviel hatte sie schon verstanden, und es war ihr gar nicht in den Sinn gekommen, den Vater zu überreden.

Um so größer war ihre Überraschung am nächsten Morgen. Vater weckte sie um halb sieben munter, voller Elan. »Aufstehen!« rief er. »Wir müssen die Einzelheiten besprechen!«

Kapka gähnte und rieb sich die Augen. »Welche Einzelheiten?«

»Na, die von der Ausstellung!« antwortete er, als verstünde sich das von selbst. Er wollte schon Kaffee kochen gehen, als er Kapkas verblüfften Blick auffing. Er machte kehrt und setzte sich auf den Rand ihres Bettes. »Weißt du, ich konnte in der Nacht nicht schlafen, und als ich so nachdachte, kam mir in den Sinn: Was ist eigentlich besser, die Ausstellung zu machen, auch für den Preis von Unannehmlichkeiten, oder vor sich selbst wie ein Feigling dazustehen? Und da hab ich mir überlegt, daß man eigentlich nicht so schnell aufgeben soll. Wenn es ganz schlimm kommt«, lachte er und strich mit einem Finger ihre gefurchte Stirn glatt, »schieb ich alles auf dich und sag, daß du mich dazu angestiftet hast!«

Von dem Moment an verwandelte sich ihre stille Mansardenwohnung in Büro, Werkstatt, Telefonzentrale und Druckerei auf einmal. Mama nähte aus einem alten Betttuch ein Transparent, und Vater malte mit schwarzer Farbe die Aufschrift darauf. Vorher hatten sie lange über den Namen der Ausstellung debattiert, bis sie sich auf GEGENWART geeinigt hatten, als Antwort auf ZUKUNFT, von der man Vater ausgeschlossen hatte.

Kapka und Teresa begannen gleich nach der Schule, Flugblätter zu drucken. Radek verteilte sie in die Briefkästen aller seiner »Exemplare« und klebte sie zudem überall hin, wo es nur möglich war.

Gegen Abend erschien Teresas Mutter. Augenblicklich erfüllte sie die Wohnung mit ihrem lärmenden Wesen. Sie stellte eine Schüssel Kartoffelsalat auf den Tisch und umarmte Vater so heftig, daß sie ihn fast erwürgt hätte. Dann teilte sie allen mit, daß Jajin angeboten habe, auf der Ausstellung Gitarre zu spielen. Er wolle kein Honorar dafür, er tue es als Künstler für einen Künstler. Papa war deswegen etwas verlegen. Er rieb sich befangen die Stirn, aber man sah, daß er sich freute.

Spätabends, als Kapka sich schon die Zähne putzte, klingelte Herr Pour. Durch die Badezimmertür hindurch hörte sie, wie er mit Papa im Flur diskutierte. Er sagte, daß er die ganze Sache nicht sehr rosig sehe, daß man sich an fünf Fingern abzählen könne, wie das ausgehe. Nichts werde verkauft, alles gestohlen oder im besten Fall naß, und außerdem werde es Scherereien geben. Vater verkündete, er sei Optimist. Worauf Herr Pour erwiderte, er sei Mathematiker, das heiße Realist, und als solcher sehe er die ganze Aktion sehr pessimistisch. Dann lachten beide. Als sie sich verabschiedeten, sagte Herr Pour noch, wenn Papa es sich trotz allem nicht anders überlege und dieses verrückte Vorhaben verwirklichen wolle, würde Frau Pour Plätzchen backen und sie auf der Ausstellung verkaufen. Sie habe es sich angeblich gut überlegt, aber man könne mit ihr, genauso wie mit Papa, ja kein vernünftiges Wort reden.

Die Zeiger der Turmuhr zeigen auf drei. Die Sonne scheint auf die Fassade des Hauses und schleudert ihre Strahlenpfeile auf die goldene Schlange über dem Eingang. Die blickt mit ihrem giftgrünen Auge auf die ungewohnte Schar unter sich herab. Einen Schlangenausdruck im Schlangengesicht. Es kommt Kapka so vor, als beobachte sie ihre Tätigkeit mit tiefstem Abscheu und als wolle sie mit ihrer ganzen Haltung ausdrücken, daß sie das Menschengeschlecht bis ins Mark kenne und sie von der Seite nichts mehr überrasche.

»Kapka!« ruft der Vater aus dem Atelier, dessen Glastür offensteht. »Trödel nicht rum und komm mir helfen!« Er reicht ihr einige Stühle. »Reihe sie der Wand entlang auf, damit sie nicht im Weg stehen!«

Er selbst trägt einen Tisch heraus und stellt ihn in die Nische neben dem Eingang. Auf die Platte, die ganz vernarbt ist von Meißel und Messern, stellt er eine kleine Statue der Jungfrau Maria, die er vor kurzer Zeit vollendet hat. Sie ist aus Lindenholz, und ihr Gesicht ist so lieblich geformt, daß Kapka die Augen nicht davon losreißen kann. Marias Arme – vor sich ausgestreckt, als hielte sie darin das Jesukind – sind leer. Das gefällt Kapka als einziges nicht an ihr. Als sie Vater neulich gefragt hatte, ob er das Kind noch schnitzen und es der Jungfrau nachträglich in den Arm legen werde, hatte er den Kopf geschüttelt, aber keine Erklärung hinzugefügt. Jetzt, im gleißenden Sonnenlicht, wirken die Arme doppelt leer, und das Lächeln um Marias

Mund sieht abwesend aus. Als wäre es gar kein Lächeln, nur ein inneres Bejahen.

»Es war, es war, es war einmal«, erklingt oben auf dem Hügel ein Trällern und Klimpern auf der Gitarre. Aus dem engen Gang zwischen den Häusern taucht Jajin auf. Auch heute hat er um den Hals einen gelben Schal gewickelt, aber darunter hat er sich das Hemd ein Stück aufgeknöpft und die Ärmel hochgekrempelt, so daß er noch eigenartiger als sonst aussieht.

»In unsrer Jugend Land, die Welt in Blüte stand . . . «, fährt er mit seinem Gesang fort und schreitet dabei von einer Statue zur anderen. Er hält bei jeder an, hört eine Weile auf zu spielen und betrachtet sie aufmerksam.

Die Statuen sind auf beiden Bürgersteigen aufgestellt. Einige direkt auf der Erde, andere auf Sockeln, Steinen und Holzklötzen. Ein paar lehnen an den Stämmen der Akazien, und eine Plastik, die das Meer darstellt, liegt auf dem Mäuerchen. An allen sind sorgfältig Schildchen mit Titel und Preis angebracht, wie man es für die andere Ausstellung vorbereitet hatte.

»Benesch«, stellt Jajin sich vor. Er schüttelt Vater die Hand. Es überrascht Kapka, daß Jajin auch einen Nachnamen hat, und noch dazu einen so geläufigen wie viele andere Leute auch. Wenn es nach ihr ginge, müßte er Budulini oder Havrasgavras oder sonstwie heißen. Ganz bestimmt nicht Benesch.

Während sich Papa mit Jajin unterhält, geht Radek zu Kapka hinüber. Seine Augen glänzen, seine Wangen glühen, der Pinsel über der Stirn steht kämpferischer als sonst in die Höhe. »Bald sind die Leute hier! Paß auf! Du kannst da nicht rumstehen wie angewachsen! Du mußt zwischen ihnen durchgehen und ab und zu eine Bemerkung fallen lassen, die sie zum Kauf lockt. So was wie, daß das für den Preis geschenkt ist. Oder daß du nicht begreifst, daß jemand solche Schätze überhaupt loswerden will. Klar? Und guck ihnen auch auf die Finger! Es könnte jemand auf die Idee kommen, in dem Gedränge was zu klauen!«

»Glaubst du, daß es ein Gedränge gibt?« Kapka ist froh, daß Radeks gestrige Laune vergangen ist und er sich wieder normal benimmt. Trotzdem kann sie seinen tiefen Glauben an das Gelingen des ganzen Unternehmens nicht teilen. Im Gegenteil, mit fortschreitendem Nachmittag schrumpfen ihre Hoffnungen immer mehr. Auf dem Veitsdom zeigt es schon halb vier an, und die Straße ist noch genauso leise wie sonst. Die Äste der Akazien bewegen sich im leichten Wind, Tauben wandern über die Ziegeldächer, die Mauern der alten Häuser atmen die im Winter angesammelte Feuchtigkeit aus. Hie und da wird mit Gequietsche ein Fenster aufgestoßen, ein Kopf schiebt sich auf die Straße, betrachtet eine Weile die ungewöhnliche Holzprozession auf dem Bürgersteig, und als sich nichts tut, verschwindet er wieder. Manchmal brummt ein Auto den Hügel herauf, von Zeit zu Zeit geht ein zufälliger Passant vorbei, liest das Transparent, sieht sich ein paar Statuen an und setzt seinen Gang fort.

»Daß hier ein großer Andrang wäre, kann man nicht behaupten«, bemerkt Kapka.

»Es ist noch zu früh. Die Leute sind noch nicht von der Arbeit zurück. Wart's ab, in einer Stunde!«

Frau Pour kommt mit einer Schüssel Plätzchen aus dem Haus. Sie sehen aus wie gemalt. Kapka läuft das Wasser im Mund zusammen.

»Für wieviel verkaufen Sie die?« fragt Jajin.

»Für eins achtzig.«

»Da verdienen Sie ja nichts dran! Verkaufen Sie sie mindestens für zwei Kronen!« Er selbst zieht gleich sein Geld hervor und kauft fünf Plätzchen. Er bietet sie Kapka, Radek und dem Vater an. In eins beißt er selbst hinein, und eins wickelt er sorgfältig in eine Serviette und steckt es in die Tasche.

»Für Teresa«, erklärt er. »Für unsere Naschkatze!«

Da kommt Teresa schon angelaufen. »Eine Masse Leute sind auf dem Weg hierher!« schreit sie. »Sie haben den Anschlag auf dem Telefonhäuschen gelesen und sind schon bei der alten Schloßstiege!«

»Kommen sie wirklich hierher?« fragt der Vater zweifelnd.

»Todsicher!« näselt Teresa mit vollem Mund, in den sie blitzschnell schon die Hälfte des Plätzchens gestopft hat. »Und es sind Ausländer. Sie haben Exposißjong oder so was gesagt.«

»Dann bring ich noch eine Ladung«, sagt Frau Pour und eilt zurück ins Haus. »Kapka, wenn es nötig ist, verkauf inzwischen.«

Vater beschattet seine Augen mit der Hand und sieht den Hügel hinunter. Von der Schloßumgehung nähert sich tatsächlich eine Gruppe von Leuten. Sie gehen langsam. Der Hügel ist steil, und die Sonne, die von den Hausfassaden reflektiert wird, brennt doppelt heiß. Jajin setzt sich auf das Mäuerchen gegenüber, stützt die Gitarre auf seinen Oberschenkel und beginnt zu klimpern.

»Spiel das Lied vom Buddha«, bettelt Teresa. »Oder von dem Knirps mit der kleinen Rotznase!«

Jajin stimmt die Gitarre noch ein wenig und legt dann los:

»Er wohnte in unserer Straße,
tat alles in richtigem Maße.
Er besaß zwei kleine Schwestern,
und 'ne Sammlung von Vogelnestern –
der Knirps mit der kleinen Rotznase.«

Ein Moped fährt über die Straße; das Knattern des Motors überlagert für ein paar Sekunden den Gesang und die Gitarre. Als es schwächer wird, ist Jajin schon in der Mitte der zweiten Strophe.

». . . sein Traumberuf war Kohlemann,
mit zwölf kam dann der Rennfahrer dran,
und mit fünfzehn wollte er malen –
der Knirps mit der kleinen Rotznase.

Dann sagte jemand: Sei nicht dumm,
die Politik, die ist von Nutzen,
wozu ein langes Studium,
es reicht, die rechten Klinken zu putzen –
der Knirps mit der kleinen Rotznase!«

Teresa neigt sich zu Kapka herüber, ihre Augen sind hingebungsvoll auf Jajin geheftet. »Das denkt er sich alles selbst aus! Worte und Melodie! Ist das nicht wahnsinnig?«

»Wahnsinnig«, nickt Kapka. Unwillkürlich fällt ihr auf, daß Teresas Bewunderung wie alles, was Teresa tut, ein wenig übertrieben ist. Sie hat jedoch keine Zeit mehr, darüber gründlicher nachzudenken, denn das Grüppchen von Leuten ist schon bei den ersten Statuen angelangt. Die Straße hallt von lauten Bemerkungen und Ausrufen wieder.

»Voilà! C'est admirable! Quelle harmonie! Quelle idée!«

»Na, was ist, kannst du mir übersetzen?« ruft der Vater Kapka zu.

Kapka wird rot. Sie versteht zwar einige Wörter, aber das meiste entgeht ihr hoffnungslos im Wasserfall der sich gegenseitig überschreienden Stimmen. Sie zuckt ratlos mit den Schultern. »Sie sprechen zu schnell!«

Da tritt schon einer der Franzosen auf Papa zu und fragt ihn etwas. Der Vater lacht verlegen. Er sagt, daß er nur Tschechisch und Deutsch sprechen kann. Der Franzose ruft eine Frau in lila Strümpfen und Stöckelschuhen zur Hilfe. Sie ist braun und sieht aus wie eine Mulattin.

»Herr Bodard fragt, ob Statuen kaufen kann«, übersetzt sie.

»Natürlich, die Preise stehen auf den Schildchen«, sagt Vater. Die Frau übersetzt, woraufhin der Franzose eine Lawine von Wörtern in einem solchen Tempo losläßt, daß sich Kapka der Kopf dreht. Das einzige, was sie heraushören kann, ist »impossible« und »étonné«.

»Herr Bodard bezweifelt, daß das Originale«, übersetzt die Mulattin.

»Warum?«

»Diese Preise zu niedrig! Herr Bodard meint, nicht möglich, für solche Sachen so wenig Geld zu wollen. Es erstaunt ihn, daß Sie als Künstler nicht haben größere Achtung vor sich und Ihre Werk.«

»Ich habe die Preise nicht festgelegt«, sagt Vater. »Die hat der Verband der bildenden Künstler festgelegt.«

»Und dagegen können Sie nicht wehren?«

»Leider nein.«

»Herr Bodard ist ein Kenner«, lächelt die Mulattin Papa mit ihren vollen Lippen an, die mit einem dunkellila Lippenstift nachgezogen sind. »Er hat ein großes Sammlung Statuen, Bilder und anderer Kunstgegenstände. Er verkauft und kauft. Er will von Ihnen Ihre Statue kaufen.«

Vater lächelt ebenfalls. Er sagt, das freue ihn und welche Statue.

Herr Bodard, der sich in der Zwischenzeit entfernt hat und nachdenklich vor der kleinen Statue eines Versuchskaninchens steht, faßt Papa am Arm und führt ihn ein Stück zur Seite. Die übrigen Franzosen haben sich um Kapka gesammelt. Sie probieren die Plätzchen, jeder kauft fünf, sechs Stück, und nach einer Weile ist die Schüssel leer.

»Est-ce-qu'il n'y en a plus?« fragt eine ältere Frau und blickt enttäuscht um sich. Sie ist als letzte zum Tisch gekommen.

»Si! J'apporterai!« stößt Kapka hervor. Sie häuft das verdiente Geld auf die Schüssel und läuft ins Haus. Sie nimmt immer drei Stufen auf einmal, um so schnell wie möglich oben zu sein. »Wo bleibt das Zeug?« ruft sie und stürmt in Pours Küche, die genau wie die ganze Wohnung sperrangelweit offensteht. Eine malerische Unordnung herrscht hier. Schüsseln, Teller und Becher häufen sich zwischen noch ungebackenen Plätzchen, Backblechen und gärendem Hefeteig.

»Uff, jetzt bin ich aber froh, daß du kommst!« stöhnt Frau Pour und pustet ihre Haare aus der verschwitzten Stirn. Sie öffnet den Backofen und zieht ein Blech mit goldgelb gebackenen Plätzchen heraus. »Wie läuft der Absatz?«

Kapka zeigt ihr schweigend die leere Schüssel.

»Für wieviel verkaufst du sie?«

»Für zwei Kronen.«

»Ist das nicht zuviel?« sorgt sich Frau Pour.

»Zuviel! Für die Arbeit, die Sie damit haben, ist das immer noch fast geschenkt!«

Frau Pour steckt das Geld in die Schürzentasche und beginnt, warme Plätzchen auf die Schüssel zu legen. Kapka bestreut sie mit Zucker.

»Wo ist Halina?« fragt sie.

»Ich mußte sie im Wohnzimmer einschließen. Sie hat von der Marmelade gefressen.«

Die Schüssel ist schon voll. Kapka bestreut das letzte Plätzchen und hebt die süße Last vorsichtig hoch. »Wenn ich das verkauft habe, komme ich wieder«, sagt sie.

»Tu das. Ich backe eins extra für dich. Einen Doppeldekker. Innen mit Quark und oben mit Marmelade!«

Kapka steigt vorsichtig die Treppe hinunter. Sie atmet kaum, vor Angst zu stolpern und die Schüssel fallenzulassen. Als sie ins Zwischengeschoß kommt, erlischt plötzlich das automatische Licht, und im Gang breitet sich Finsternis aus, die nur ganz schwach von einem trüben Lichtstrahl, der aus dem Erdgeschoß heraufscheint, durchdrungen wird.

Kapka bleibt stehen und tastet die Dunkelheit mit den Augen ab. Ein paarmal tritt sie unsicher auf der Stelle. Dann erinnert sie sich, daß der Lichtschalter gleich neben der Wohnung der Apothekerin ist. Ganz langsam, indem sie mit den Schuhen über die Erde schlurft, geht sie darauf zu. Als sie ihn schon fast erreicht hat, wird jäh die Tür neben ihr geöffnet. Kapka schreit auf und zuckt zusammen. Sie merkt, daß ein Plätzchen von der Schüssel gerutscht und auf die Steine gefallen ist. Ihr Atem stockt, und ihr Herz klopft wild. Im erleuchteten Rechteck der Tür erkennt sie die gekrümmte Gestalt der Alten.

»Du hast dich doch nicht erschreckt, Herzchen?« schnarrt ihre heisere Stimme in die Dunkelheit hinaus und wird gleich darauf von einem Hustenanfall unterbrochen.

»Guten Tag!« grüßt Kapka sehr laut, um sich selbst Mut einzuflößen. Sie macht einen letzten Schritt und drückt auf den Knopf des Lichtschalters. Das blasse Licht der verstaubten Lampe fällt der Alten ins Gesicht. Kapka unterdrückt mit Mühe einen Aufschrei. Es kommt ihr vor, als stünde eine Wachsfigur vor ihr. Die eingefallenen Wangen der Frau, schon beim letzten Treffen ungesund gelb, haben jetzt alle Farbe verloren. Sie sieht vollkommen grau aus.

»Das sind ja richtige Hochzeitsplätzchen! Du heiratest doch nicht etwa?« fragt sie zwischen zwei Hustenanfällen und heftet ihre tief eingefallenen Augen auf Kapka.

»Da hab ich noch ein wenig Zeit«, bemüht sich das Mädchen um einen leichten Ton, obwohl ihr ein Schauer über den Rücken läuft. »Die sind für Papas Ausstellung. Frau Pour hat sie gebacken.«

»Sooo! Frau Pour?« wiederholt die Alte interessiert. »Und du verkaufst sie?«

»Für zwei Kronen«, nickt Kapka und streckt in plötzlichem Mitleid mit der Alten und ihrer Einsamkeit die Hand mit der Schüssel nach ihr aus. »Möchten Sie vielleicht probieren?«

»Dann machst du Verlust. Mein Magen spielt sowieso nicht mehr mit. Und du wirst vielleicht noch ausgeschimpft.«

»Warum? Und von wem?« Kapka versteht nicht. »Greifen Sie ruhig zu!«

»Na, ich will ja nicht unhöflich sein.«

Die Alte greift nach dem Plätzchen, das ganz obenauf liegt. Ihre langen Finger umschließen es wie Spinnenbeine. Kapka schüttelt sich unwillkürlich. Um den Ekel zu verbergen, der sie erfaßt hat, bückt sie sich, um das heruntergefallene Plätzchen vom Boden aufzuheben. Sie bläst es ab und legt es zurück auf die Schüssel. Dann, immer noch in der Hocke, gleiten ihre Augen zur offenen Tür hinüber. Im Halbdunkel des Raums, hinter dem Rücken der Frau, zeichnet sich undeutlich ein schwarzer Fleck ab. Auf den ersten Blick hat er keine feste Form, als Kapka aber ihren Blick richtig schärft und den Kopf etwas weiter senkt, bemerkt sie, daß der Fleck den Umrissen eines Sarges ähnelt, der an die Wand gelehnt steht, wartend. Gerade so, als sei die Alte ihm soeben entstiegen.

Auf einmal hat Kapka Angst. Diese Angst läßt sich weder abwerfen noch hinunterschlucken, noch ausatmen. Sie sitzt irgendwo in ihrem Körper, lähmt ihre Bewegungen und zwingt sie, mit den Augen wieder und wieder zu dem finsteren schwarzen Gegenstand hinter der Alten zurückzukehren. Zudem beginnt die Frau wieder zu husten. Hohe, bellende Laute kommen aus ihrem Hals, brechen sich an den Wänden und versinken in der verschlafenen Nachmittagsstille.

Auf einmal schlägt irgendwo eine Tür. Das bringt Kapka zur Besinnung. Sie richtet sich auf. Das Rechteck in der geöffneten Wohnung blickt sie nicht mehr an. Sie weicht auch dem Blick der Alten aus. Fest umschließt sie die Plätzchenschüssel und beginnt, ins Erdgeschoß hinabzusteigen. Sie hat das Gefühl, daß die Frau noch etwas sagen will, aber sie dreht sich nicht um. Die Beleuchtung ist wieder ausgegangen. Der untere Teil der Treppe wird jedoch durch das Licht von der Straße erhellt. Die Angst, die sich in eine kleine harte Kugel in Kapkas Brust zusammengeballt hatte, löst sich auf.

»Hier bist du!« ruft der Vater, als er sie aus dem Haus herauskommen sieht.

»Sind die Franzosen schon weg?«

»Sie mußten gehen. Stell dir vor, dieser Herr Bogahr oder Bonahr oder wie er heißt hat fünf Sachen von mir gekauft. Er will in etwa einer Stunde mit dem Auto wiederkommen, um sie abzuholen.« Papas Gesicht strahlt.

Die Besucher sind zahlreicher geworden, während sich die Reihen der Statuen auf dem Bürgersteig gelichtet haben. Man sieht, daß das Geschäft blüht. Vater geht zwischen den Leuten umher, unterhält sich lebhaft mit ihnen, lacht, hebt hier und da eine Figur in die Höhe, zeigt etwas an ihr, erklärt. Er ist in seinem Element. Seine Augen blitzen, er hat die Ärmel hochgekrempelt, seine Schläfen glänzen vor Schweiß. Man hat den Eindruck, als sei das Ausstellen der Statuen eine anstrengende körperliche Arbeit für ihn. Er durchlebt es mit seinem ganzen Körper - aufgeregt, unruhig, begeistert.

Kapka stellt die Schüssel auf den Tisch. Sie merkt, daß die kleine Statue der Jungfrau Maria verschwunden ist.

»Die hat der Herr Pfarrer von der Laurenzikirche gekauft. Radeks Exemplar!« lächelt Vater. »Schade, daß du nicht hier warst. Er hätte dir sicher gefallen. Er hat uns eingeladen, mal Tischtennis bei ihm zu spielen.«

Nicht nur der Vater - alle sehen zufrieden aus. Jajin sitzt auf dem Mäuerchen und spielt ein Lied darüber, was er, wenn er stirbt, auf seinem Grabstein geschrieben haben möchte:

»Hier liegt der Idiot begraben,
nahm nur die Hälfte aller Gaben!
Die Hälfte Glück, die Hälfte Lachen,
die Hälfte Sorgen, die Falten machen.
Und weil er so ein Idiot,
vergeßt ihn ruhig, ohne Not!«

Teresa und Radek lehnen neben ihm und hören zu. Ein junger Mann und ein blondes Mädchen stehen vor der Plastik des Toten Waldes. Sie umarmen sich und flüstern miteinander. Die Sonne, die langsam hinter die Barocktürme des Klosters gleitet, läßt die Haare des Mädchens in einem Mosaik von honigfarbenen bis rötlichen Schattierungen aufleuchten.

Aus dem Kessel der Stadt dringen entfernt das Getöse der Autos und das Klingeln der Straßenbahnen herauf. Wie eine vollgefressene Katze liegt die Straße auf dem gekrümmten Rücken des Hügels. Faul und still. Nur die abgerissenen Laute eines Hustens dringen aus dem Haus, stören den freundlichen Nachmittag. Für Kapka klingt es wie Hundegebell. Gedämpft, dafür aber um so beunruhigender. Das weiße Transparent mit der Aufschrift GEGENWART bewegt sich kaum merkbar in dem milden Wind, der sich auf der Nordseite des Laurenziberges erhoben hat.

Das helle Licht der Lampe fällt auf das grüne Tischtuch und ruft in der abendlichen Küche den Eindruck einer sonnendurchfluteten Wiese hervor. Vater streckt die Hand aus und nimmt sich eine weitere Kartoffel aus der Schüssel. In der Familie nennt man sie seit jeher »Münzen«. Sie sind in der Mitte durchgeschnitten und goldgelb gebacken.

»Deine Kollegin von der Station, so eine magere, die wie ein Pferd lacht, hat auch eine Statue gekauft«, sagt er an Mama gerichtet, während er sich die Kartoffel mit Butter bestreicht.

»Welche?«

»Den Hochzeitsgast.«

»Wer hat das Meer gekauft?«

»So ein junges Ehepaar. Sie wollte eigentlich das Mädchen mit dem Affen, aber er hat sie überredet. Ich hörte, wie er zu ihr gesagt hat, daß er sich das ganze Leben schon nach seiner eigenen Insel gesehnt hätte und daß er jetzt sogar sein eigenes Meer haben könnte.« Papa salzt die Kartoffel und beißt dann mit Appetit hinein.

»Also hat alles geklappt?« fragt Mama. Sie war den ganzen Nachmittag bei der Arbeit. Sie kann sich den Verlauf der Ausstellung nur erzählen lassen.

»Es war echt super«, nickt Kapka. »Ich habe sechs Schüsseln Plätzchen verkauft.«

»Am besten bin ich mit diesem Bonahr gefahren«, erzählt Papa. »Er hat gesagt, er würde fünf Sachen nehmen, aber als er sie mit dem Auto abholen kam, hat er noch den Rentner und die Betrunkene Tänzerin dazugenommen. Außerdem hat er mir noch seine Adresse gegeben. Es sieht so aus, als ob er ein regelmäßiger Kunde werden könnte.«

Es läutet an der Tür. Mama steht auf und geht in die Diele.

»Wie hat dir Radek gefallen?« fragt Kapka den Vater mit gespielter Gleichgültigkeit. Sie nimmt eine Kartoffelscheibe vom Teller und beginnt, sie ringsherum abzubeißen.

Der Vater betrachtet sie amüsiert. »Ich glaube, daß es darauf nicht ankommt«, bemerkt er.

»Worauf?«

»Wie er mir gefallen hat. Hauptsache, daß er bei dir ankommt!«

»Das ist nicht wahr!« Kapka errötet. »Zufällig gefällt er mir überhaupt nicht, damit du's weißt! Er sieht aus wie ein Aussichtsturm! Mit allem gibt er an! Und wütend wird er dauernd wegen nichts und wieder nichts! Und auch sonst . . .«

»Und auch sonst gibt's Spaß mit ihm, oder?«

Mitten in der größten Empörung fängt Kapka wohl oder übel an zu lachen. Der Vater weiß einfach, wie er mit ihr fertig wird.

»Unerwarteter Besuch«, sagt Mama, als sie in die Küche zurückkehrt. Sie legt Vater die Hand auf die Schulter.

Vater blickt auf. »Was für ein Besuch?«

Mama beugt sich zu ihm hinunter und flüstert ihm etwas zu. Kapka spitzt die Ohren. Das Gespräch über Radek ist augenblicklich vergessen, jetzt konzentriert sie sich voll auf die Angelegenheit zwischen den Eltern.

»Was flüstert ihr da?« fragt sie mißtrauisch. Als sie keine

Antwort erhält, fügt sie den in der Kindheit tausendmal gehörten Spruch hinzu: »Wer flüstert, der lügt!«

Aber die Eltern hören ihr nicht zu. Papa steht auf und geht mit düsterer Miene aus der Küche. Mama blickt ihm nach. Sie sieht besorgt aus.

»Was ist?« besteht Kapka auf einer Antwort. »Wer ist gekommen?« Sie will dem Vater hinterhergehen.

Mama hält sie zurück. »Warte«, flüstert sie. »Leise!« In ihrer Stimme liegt eine solche Dringlichkeit, daß Kapka stutzig wird. Sie bleibt genau wie Mama an der angelehnten Tür zur Diele stehen und reckt den Hals. Sie hört die unruhige, gereizte Stimme des Vaters, der etwas fragt, und zwei andere Männerstimmen, die ihm mit höflicher Kühle antworten. Der Sinn der Sätze ist nicht zu verstehen. Nur hier und da ein paar Wörter. »So nett . . . Erklärung . . . Legitimation« – und nach einem Moment der Stille – »vernünftig . . . in Ruhe . . . keine Schwierigkeiten . . .«

Vaters Schritte kommen auf die Küche zu. Er wirft einen Blick hinein. Er hat Mantel und Schuhe an.

»Wohin gehst du?« stößt Kapka hervor.

Vater gibt ihr statt einer Antwort einen Kuß auf die Wange. Der Mama auch. An seinem Gesichtsausdruck und seinen Bewegungen ist eine Nervosität erkennbar, die er schlecht verbergen kann. »Es dauert sicher nicht lange«, bemerkt er. »Sie haben gesagt, ein Stündchen. Höchstens zwei.«

Mama nickt. Kapka versteht überhaupt nichts. Aber sie kommt nicht mehr dazu, etwas zu fragen. Mit gespielter Sorglosigkeit blinzelt Vater ihr zu. Er versucht ein Lächeln. Und verschwindet im Flur. Im nächsten Moment hört man die Haustür zufallen.

Mama atmet tief durch. Als ob sie die ganze Zeit den Atem angehalten hätte. Sie sieht Kapka an. »Das war die Geheimpolizei. Sie haben ihn zum Verhör geholt«, sagt sie knapp.

»Zum Verhör?« Kapka reißt die Augen auf.

Mama setzt sich auf den nächsten Stuhl, stützt die Ellenbogen auf den Tisch und den Kopf auf die Handflächen. Sie kneift die Augen zusammen, wie immer, wenn sie angestrengt über etwas nachdenkt. Kapka steht über ihr. Ratlos, verstört, mit weichen Knien. Sie fühlt, wie sich ihr der Magen vor Furcht zusammenzieht. Verhör! Das schlimmste ist, daß sie sich nicht vorstellen kann, was das eigentlich bedeutet. In der Schule hat ihnen die Erdkundelehrerin erzählt, daß man im Krieg die Gefangenen beim Verhör gequält hat. Daß man sie getreten hat, ihnen die Fingernägel ausgerissen und die Handflächen mit brennenden Zigaretten verbrannt hat. Werden sie so etwas mit dem Papa machen? Der bloße Gedanke daran läßt Kapka erzittern. Mit ihrem Blick sucht sie Mamas Augen. Sie erscheinen ihr schrecklich weit entfernt. Zuerst sehen sie durch sie hindurch, doch langsam gewinnen sie an Schärfe. Etwas blitzt in ihnen auf.

»Sie haben sicher von der Ausstellung erfahren«, erklärt Mama mit Gewißheit.

»Was machen sie mit ihm?«

Mama antwortet nicht.

»Papa kann doch nichts dafür!« schreit Kapka auf. Die Erkenntnis der verzweifelten, unsinnigen Situation senkt sich plötzlich wie ein schweres Federbett auf sie herab. Vor Wut und Angst kann sie kaum sprechen. »Ich geh dahin und sage ihnen, daß ich das alles ausgedacht habe! Und ich sage ihnen auch, daß auf der Karlsbrücke dauernd irgendwelche Schmierereien ausgestellt sind, und das macht keinem was! Warum darf der eine das und der andere nicht? Das ist doch ungerecht!«

»Es kommt wahrscheinlich darauf an, wer es ist und was man ausstellt«, sagt Mama. »Wenn zum Beispiel die Schwester von unserer Station, weißt du, die alte, eine Ausstellung von Ostereiern und Ostergebäck machen würde, dann würde sie deswegen bestimmt nicht zum Ver…, »warte mal! Das Gebäck!« Mama springt auf. »Das Gebäck!« wiederholt sie aufgeregt und läuft in den Flur.

Kapka hinter ihr her. Mit wachsender Angst. Sie hat allmählich das Gefühl, daß Mama verrückt geworden ist. Vielleicht durch die Sorge um den Vater. Daß solche Sachen passieren, weiß Kapka aus der Literatur. Einmal hat sie einen Krimi gelesen, in dem eine Frau vor Angst stumm wurde, und zudem wurden ihre Haare weiß. Schnell guckt sie auf Mamas Haare. Sie sehen genauso aus wie vorher. Dunkelbraun, hier und da von silbernen Fäden durchzogen. Auch die Sprache hat sie nicht verloren. Sie wiederholt nur in einem fort das eine Wort. »Das Gebäck! Na klar, das Gebäck!«

»Welches Gebäck?« fragt Kapka und faßt sie an der Hand. Sie sind schon an der Wohnungstür angelangt.

Mama dreht sich um. Ihr Gesicht hat nichts Verwirrtes. »Na, die Plätzchen von Frau Pour«, sagt sie ruhig. »Ich muß feststellen, ob sie sie wegen der Plätzchen nicht auch abgeholt haben!«

»Und was ist mit Jajin?« fällt Kapka in dem Moment ein. »Meinst du, er ist auch beim Verhör?«

Mama bleibt stehen. Man sieht, daß sie über die ganze

Angelegenheit so gründlich noch nicht nachgedacht hat. Eine neue Sorge erscheint in ihren Augen. Aber nur einen Moment lang. Als sie Kapkas entsetzten Blick bemerkt, heitert sich ihr Gesicht rasch auf. »Bestimmt nicht«, sagt sie mit Festigkeit in der Stimme. Sie öffnet die Tür.

»Du bleibst hier«, befiehlt sie Kapka. »Ich bin gleich zurück!«

Unter anderen Umständen hätte Kapka widersprochen. Jetzt hat sie jedoch einen Plan im Kopf. Einen verrückten, aber einen nichtsdestotrotz durchführbaren.

Kaum hat sich die Tür hinter Mama geschlossen, läuft Kapka in ihr Zimmer. Sie öffnet das Fenster und knipst die Tischlampe an. Sie überlegt eine Sekunde, dann zieht sie sich hastig ihre Pantoffeln aus. Zusammen mit den Strümpfen. Barfuß steigt sie auf den Tisch, vom Tisch aufs Fensterbrett - schon ist sie auf dem Dach, das von einem breiten Lichtstrahl aus dem Zimmer beleuchtet wird. Es erweckt eine Vorstellung von Weichheit und Wärme, aber die Dachziegel sind kalt. Feine Steinchen und scharfe Stückchen von Putz kratzen an ihren Füßen. Sie achtet nicht darauf. Indem sie sich an der Regenrinne festhält, geht sie bis zu der Stelle, wo die Wand ihres Zimmers abknickt. Sie stützt die Handflächen auf und beugt die Knie. Ohne große Anstrengung schwingt sie sich nach oben. Bis hierher reicht das Licht aus dem Zimmer nicht mehr. Nur das Hufeisen des Mondes leuchtet am Himmel, von Zeit zu Zeit verdeckt von einem Bausch zerrupfter Wolken. Im kalten Mondlicht ähnelt das Dach mit den Schornsteinen und Antennen einer verbrannten Landschaft. Kapka geht bis zu dem Platz, wo sie das letzte Mal die Zigaretten gefunden hat. Von da sieht sie schon Jajins

Fenster. Es ist dunkel, das Fenster ist geschlossen, ohne Lebenszeichen.

Kapka ertastet am Fuß des Schornsteins ein Bröckchen von einem Ziegelstein. Sie macht ein paar Schritte nach vorn, holt aus und wirft. Sie hört ein helles Klirren. Das

Oberlicht des Fensters erzittert leicht. Kapka wartet einen Moment. Es tut sich nichts, und es überläuft sie kalt. Es ist ihr, als hätte sie etwas angerührt, als sei sie von der Welt, die sie kennt, durch einen Zauber in eine andere, fremde, bedrohliche Welt geraten.

Sie dreht sich rasch um und geht zurück. Sobald sie über ihrem Zimmer ist, ergreift sie mit den Fingern den Rand der Rinne und läßt sich herab. In der Eile paßt sie jedoch nicht auf, und statt auf die Füße, fällt sie auf ihre Handflächen und Knie. Sie rollt auf die Seite und rutscht auf den Rand des Daches zu. In Panik wirft sie die Hand nach oben. Sie ergreift das Fenstersims und kriecht mit klopfendem Herzen darauf zu. Dann schwingt sie ihre Beine ins Zimmer. Ihr Hals ist wie zugeschnürt. Sie atmet in kurzen, hastigen Zügen. Erst der Blick in das satte Licht der Tischlampe beruhigt sie einigermaßen. Es erweckt die Illusion eines sicheren Zuhauses. Eine Fliege kreist um den Lampenschirm. Die erste, die Kapka dieses Jahr sieht. Auch ihr Surren wirkt beruhigend auf Kapkas gereizte Nerven. Da erklingt die Türschelle in der Diele. Kapka schlüpft schnell in ihre Pantoffeln und hinaus.

»Und, was ist?« empfängt sie die Mutter sofort mit einer Frage, um ihr keine Zeit zu lassen, ihre Erregtheit zu bemerken. »Ist sie zu Hause?«

»Ja. Aber sie waren auch bei ihr. Sie haben Frau Pour ausgefragt, wo sie die Erlaubnis zum Verkauf von Gebäck herhabe. Als sie feststellten, daß sie keine hat, wollten sie, daß sie gleich mit ihnen geht. Herr Pour hat jedoch klargemacht, daß er sie nachts nirgendwo hinläßt. Dann haben sie eine Vorladung für morgen dagelassen und sind weggegangen.«

»Zu uns«, fügt Kapka hinzu.

»Zu uns«, nickt Mama und stellt die Kaffeekanne auf den Herd. Daran erkennt Kapka, daß sie viel aufgeregter ist, als sie sich anmerken läßt. Sonst würde sie abends Kaffee nicht mal anrühren.

»Du solltest schlafen gehen«, sagt sie nach einer Weile. »Du mußt morgen in die Schule.«

»Ich will auf Papa warten!« wehrt sich Kapka.

»Wer weiß, wann er kommt.«

»Er hat gesagt, in einer Stunde. Höchstens in zwei.«

Mama seufzt. Einen Moment lang erscheint wieder der leere Ausdruck in ihren Augen wie nach Vaters Weggang. Sie wischt ihn jedoch rasch durch ein Blinzeln weg. »Dann zieh dir den Schlafanzug an und leg dich hin.«

»Wenn ich mich hinlege, schlafe ich ein«, wendet Kapka ein. Einige Kniffe der Eltern kennt sie wie ihre Westentasche. »Es sei denn, du kommst dann noch zu mir!«

»Gut«, verspricht Mama.

»Erzählen wir uns dann was?«

»Ja, jetzt mach aber!« Ihre Stimme klingt ungeduldig.

Kapka begreift, daß sie eine Weile allein sein will. Sie nimmt den Schlafanzug und geht ins Badezimmer. Als sie am Wohnzimmer vorbeikommt, erblickt sie auf der Ecke des Kachelofens die kleine Statue des Esels mit dem Jungen. Bei diesem Anblick zieht sich ihr die Kehle zusammen. Wenn nun der Vater nie mehr wiederkäme? Schnell betritt sie das Badezimmer. Sie drückt Zahnpasta auf die Zahnbürste, und in dem Bemühen, ihre ängstlichen Gedanken zu vertreiben, beginnt sie, sich die Zähne zu putzen. Gründlich und vorschriftsmäßig. Mit einer Sorgfalt, die sie schon lange nicht mehr angewandt hat.

Großvater und Opapa

»Märchen interessieren mich nicht. Dafür bin ich schon zu groß«, sagt Kapka naserümpfend.

»Das ist kein Märchen«, antwortet Mama und trinkt einen Schluck Kaffee. »Ich will dir von Großvater erzählen.«

»Von Großvater!« Kapka lehnt das Kopfkissen an die Wand und setzt sich so aufrecht wie möglich im Bett hin, um nicht einzuschlafen. Die Geschichten vom Großvater sind ihr von allen die liebsten. Sie sind lustig und unberechenbar wie Großvater selbst. Kapka kann sich nicht daran erinnern, daß sie sich in Großvaters Gegenwart je gelangweilt hätte. Nicht nur er, sondern auch alles, was ihn umgibt, ist auf unerklärliche Art außergewöhnlich, aufregend und spaßig.

Jedesmal, wenn sie in die Ferien zum Großvater fährt, lehnt sie sich schon ab Brünn aus dem Fenster, obwohl es bis Zlenice noch fünfzig Kilometer sind und der asthmatische Bummelzug, der auf dieser Strecke wohl schon zu Zeiten Kaiser Franz Josephs gefahren ist, für die Überwindung dieser Entfernung zweieinhalb Stunden braucht.

Großvater wartet auf Kapka immer an der Haltestelle zwischen den Feldern, wo der Zug nur auf ein Winkzeichen anhält. Er trägt einen schwarzen Hut, eine schwarze Weste und ein gestreiftes Hemd ohne Kragen. Zu seinen Füßen sitzt Clifton. Kapka hat schon Clifton den Ersten, Clifton den Zweiten, Clifton den Dritten und Clifton den Vierten erlebt. Großvater züchtet weder Hunde, noch kauft er sie, ja, er bekommt sie nicht einmal. Er trifft sie, und sie gehen ihm hinterher. Er muß sich nicht einmal besonders darum bemühen. Er hat wohl einen, den Menschen verborgenen Duft an sich, der die Hunde unwiderstehlich anzieht. Sie laufen hinter ihm her wie hinter einer Leberwurst. Eine Zeitlang leben sie bei Großvater und lassen ihn ihre Zuneigung fühlen, um eines Tages genauso leise wieder zu verschwinden. Großvater nennt sie alle Clifton, obwohl lange nicht alle diesen berühmten Namen wirklich verdienen.

Zum Beispiel Clifton der Zweite, eine Kreuzung zwischen einer Bulldogge und einem reinrassigen Dorfköter, hatte so wenig angeborenes Hundehirn, daß er auf den Befehl »Bei Fuß« augenblicklich ungestüm davonrannte, während er auf den Zuruf »Da!«, den wohl alle Hunde auf der Welt verstehen, jedesmal den Schwanz einzog und unter den Tisch kroch, in der Annahme, ihn erwarte eine Tracht Prügel.

»Jetzt erzähl! Aber etwas, was ich noch nicht kenne!« betont Kapka. Die Geschichten vom Großvater sind nämlich nicht nur lustig, sondern auch bekannt.

»Ich glaube, Vater hat dir nie erzählt, warum Großvater eigentlich ein Stück hinter dem Dorf direkt auf den Feldern wohnt«, beginnt Mama. Sie sitzt an Kapkas Schreibtisch und blickt nachdenklich aus dem Fenster, auf das die Dunkelheit von außen ihre Hand drückt. »Großvaters Vater, den man auf seine alten Tage Opapa nannte, besaß in Zlenice ein großes Gut auf dem Oberen Ring. Daran kannst du dich nicht mehr erinnern. Es ist abgerissen, und jetzt ist da eine Straße. Opapa gehörte zu den reichsten Bauern im Dorf. Außerdem war er Feuerwehrhauptmann und Kapellmeister der Blasmusik in Zlenice, also eine durch und durch geschätzte Persönlichkeit. Mit zwanzig mußte Großvater zum Militär. Weil mindestens immer zehn junge Männer auf einmal weggingen und das noch, Gott weiß wohin, bis in die Karpato-Ukraine, wo es zu dieser Zeit nicht gerade ruhig war und viel geschossen wurde, machte man um die Einberufung jedesmal ein gewaltiges Aufheben. Nachmittags spielte die Feuerwehr auf dem Marktplatz, und der Bürgermeister hielt vor dem Rathaus eine Rede. Abends gab es dann im Wirtshaus einen großen Maskenball mit Tanz und Gelage bis in den Morgen. Und jetzt stell dir vor, was unser Großvater gemacht hat!«

Mama hält einen Moment inne, um einen Schluck Kaffee zu trinken, und fährt gleich darauf fort.

»Gegen halb vier in der Nacht, als die Rekruten schon ordentlich getankt hatten, stand Opapa vom Tisch auf, wo er mit dem Bügermeister, dem Müller und dem Lehrer Karten spielte, ging zum Ausschank und wies den Wirt an, den Jungen nichts mehr auszuschenken. Großvater hörte das, und schon war der Krach da. ›Was?‹ schrie er durch das ganze Lokal. ›Habt ihr das gehört? Wir fahren morgen wer weiß wohin in den Schlamassel, werden mit raushängender Zunge und verschwitzten Fußlappen über die Berge stolpern, Schmuggler und Wilddiebe fangen und dabei vielleicht noch eins auf den Pelz gebrannt bekommen, und unsere alten Herren hier gönnen uns nicht einmal ein bißchen Spaß vor der Abreise? Sie selbst werden hier auf den Feldern rumstolzieren, den Mädchen nachjagen und sich die Bäuche vollschlagen, und uns wollen sie was verbieten? Das wollen wir aber erst mal sehen!‹«

Mama lacht.

»Du weißt, was das heißt, wenn Großvater sagt, daß er das erst mal sehen will. Er und die Rekruten ergriffen den armen Opapa, den Müller, den Lehrer und den Bürgermeister und schleppten sie aus dem Gasthaus. Es wurde schon hell. Auf dem Marktplatz standen Marktstände und ein Kettenkarussell, weil in ein paar Tagen die Kirmes beginnen sollte. Großvater hatte ordentlich einen drauf, und außerdem war er mit zwanzig in einem unglücklichen Alter. Er benahm sich, als ob ihm ganz Zlenice gehörte und ganz Mähren dazu. Er pflanzte sich auf dem Marktplatz auf und befahl: ›Auf das Karussell mit den alten Herren!‹ Die anderen Rekruten nahmen Großvaters Vorschlag mit Begeisterung an. Der sommersprossige Vinzek, der angeblich der Spaß in Person war und hinterher überhaupt nicht mehr vom Militärdienst zurückkehrte, weil er mit irgendeiner Tänzerin nach Amerika abhaute, dieser Vinzek sagte: ›Und ausziehen bis auf die Unterhose!‹ Du kannst dir vorstellen, mit welchem Genuß sie das gemacht haben! Sie zogen den armen Teufeln die Hosen runter, setzten sie mit Gewalt auf das Karussell, banden sie fest, und Großvater stellte es an!«

Mama kichert schon ziemlich laut. Kapka mit ihr.

»Großvater sagt bis heute, daß er im Leben keinen hübscheren Anblick erlebt hat. Der Zlenicer Marktplatz um vier Uhr morgens, still, ehrwürdig und rechtschaffen, und mitten zwischen der Kirche und dem Rathaus fliegen auf einem Karussell die vier angesehensten Herrschaften des Dorfes in ihrer Unterhose herum. Angeblich beschimpften sie die Rekruten von oben und schrien wie die Straßenjungen auf sie herab. Die Jungen ließen sich aber wegen ihnen keine grauen Haare wachsen. Sie kehrten in die Wirtschaft zurück und blieben dort, wie es die Tradition befahl, bis zur Abfahrt.«

»Und Opapa? Und die drei?« fragt Kapka neugierig, wenn auch mit einem lauten Gähnen.

»Der Bäcker und seine Frau haben sie dann runtergeholt, als sie den Laden aufmachten. Sie mußten sie wegtragen, so steif gefroren waren sie. Erst als sie sie vor den angeheizten Backofen gesetzt haben, sind sie wieder etwas zur Besinnung gekommen.«

»Weiter«, sagt Kapka, obwohl sich die Schläfrigkeit in ihre Augenlider frißt und sie nur mit größter Mühe die Augen aufhalten kann. »Wie ging es weiter?«

»Na ja, ein riesiger Aufruhr! Aber die Jungen waren drei Jahre lang beim Militär, und während dieser Zeit geriet langsam alles in Vergessenheit. Nur Opapa vergaß nicht. Er konnte Großvater nicht verzeihen, daß er ihn vor dem ganzen Dorf lächerlich gemacht hatte. Er enterbte ihn. Das Gut gab er dem jüngeren Sohn, und Großvater mußte als Aufseher auf einen fremden Hof gehen. Aber du kennst ja Großvaters goldenes Händchen! Innerhalb von fünf Jahren kaufte er sich ein Feld am Wald und eine alte Weide und brachte beides gehörig auf Vordermann. Opapa versöhnte sich erst wieder auf seine alten Tage mit seinem Sohn. Papa erinnert sich noch aus seinen Kinderjahren ein bißchen an ihn. Er pflegte unter dem Birnbaum zu sitzen, in die Ferne zu sehen und zu sagen: ›Micha, merk dir eins. Geld, Kühe, Felder, das ist eine gute Sache, aber so viel, wie sich die Leute denken, bedeutet es nun auch wieder nicht. Sag mir, was ist auf dieser Welt schon wirklich etwas wert . . .?‹«

Aber das Ende von Opapas Belehrung hört Kapka nicht mehr. Trotz allen Bemühens verliert sie den Kampf gegen den Schlaf. Mit offenem Mund und bewegungslos ausgebreiteten Armen liegt sie da. Mama steht auf, rückt ihr das Kopfkissen zurecht und breitet die Wolldecke über sie. Dann trinkt sie den Rest des inzwischen kalt gewordenen Kaffees aus, löscht das Licht und geht leise aus dem Zimmer.

Die Warnung

Kapka wandert durch hohes Gras, das sich im Wind neigt und sie über Arme und Gesicht streichelt. Der Wind reißt die zotteligen Häubchen von Halmen und Schilf ab und verteilt sie wie Schneeflocken über der Landschaft. Eine gerät Kapka in die Nase. Sie niest. Sofort ist sie bei vollem Bewußtsein. Sie liegt in ihrem Bett, und durch das Fenster rieseln die Sonnenstrahlen auf ihr Gesicht. Von draußen ertönt das Rumpeln der Straßenkehrmaschine auf dem holprigen Pflaster.

Sie kriecht auf Knien vom Bett auf den Tisch und öffnet das Fenster. Sie beugt sich hinaus und macht große Augen. Der Laurenziberg ist über Nacht grün geworden. Aus dem grünlichen Schleier ragen bis jetzt noch die kahlen Äste und nackten Zweige der Sträucher heraus, aber die rauhe Schroffheit des Horizonts ist dahin. Die Linien haben sich gerundet, die Barocktürme des Klosters sind in dem grünen Rahmen noch anmutiger geworden. Auf der Ostseite steht die Sonne als großer Fleck am Himmel, als wäre sie gerade aus der Moldau aufgetaucht und klopfte sich die Tröpfchen vom nackten Bauch ab.

»Soll ich dir ein paar Eier in die Pfanne hauen?« hört sie Mamas Stimme durch die Wand zur Küche.

»Ich habe keinen Hunger«, antwortet Vater. »Ich trinke höchstens ein bißchen Tee.«

Mit einem Schlag erinnert sich Kapka an die Ereignisse des vergangenen Abends, rutscht eilig vom Tisch und läuft in die Küche. In der Diele macht sie halt und beguckt durch den Spalt der angelehnten Tür den Vater. Er sitzt am

Küchentisch, mit einer Hand stützt er seinen Kopf, die andere baumelt über der Stuhllehne. Sein Gesicht ist grau und unausgeschlafen. Die Müdigkeit hat ihm violette Halbmonde unter die Augen gegraben.

»Hallo, Papa!« Kapka stößt die Tür auf, bleibt einige Sekunden auf der Schwelle stehen, geht dann langsam zum Vater und setzt sich ihm auf den Schoß. Sie legt die Arme um seinen Hals und drückt das Gesicht an seine Schulter. Sie empfindet eine tiefe, ruhige Freude, die sich in warmen Wellen durch ihren ganzen Körper ergießt. Sie benötigt keine großen Worte oder Gesten, um sich mitzuteilen. Es schießt ihr der Gedanke durch den Kopf, ob sich so etwa das beginnende Älterwerden ankündigt. Sie verdrängt den Gedanken aber sogleich. Sie muß den Vater nach tausend Dingen fragen.

»Wann bist du gekommen?« sprudelt sie heraus.

»Vor einer Weile.«

»Bist du die ganze Nacht dort gewesen?«

Papa antwortet nicht. Er nickt nur. Anscheinend hat er keine große Lust zu reden.

Aber Kapka ist unerbittlich. Sie muß sich Klarheit verschaffen. »Worüber haben sie mit dir gesprochen? Was haben sie gewollt?«

»Lästig fallen«, sagt Mama. Ihr Gesicht ist genauso farblos, auch sie hat wahrscheinlich nicht geschlafen. »Was denn sonst? Sie wollten Papa zeigen, daß sie allwissend sind!«

»Haben sie dich geschlagen?« flüstert Kapka und betrachtet aufmerksam Vaters Gesicht, ob es keine Spuren von Gewalt darauf zu sehen gibt.

Vater lächelt. Er schüttelt den Kopf. Und stupst sie mit

dem Zeigefinger an die Nasenspitze. »Keine Angst, es ist nichts Schreckliches mit mir passiert«, beruhigt er sie. »Sie haben mich in ein gemütliches Büro geführt, mir einen Sessel angeboten und Kaffee gebracht. Ja, und dann haben sie mich bis zum Morgen ausgefragt.«

»Wonach?«

»Nach allem möglichen. Warum ich eine Straßenausstellung veranstaltet habe. Wem ich welche Statuen verkauft habe. Wer mir geholfen hat. Was wir eigentlich damit beweisen wollten . . .«

»Du hättest ihnen sagen sollen, daß sie das gar nichts angeht!« fällt ihm Kapka ins Wort.

»Das habe ich versucht, aber man konnte nicht vernünftig mit ihnen reden.«

»Du hättest ihnen sagen sollen, daß sie dich aus der offiziellen Ausstellung rausgeschmissen haben!« entrüstet sie sich.

»Glaubst du, das hätten sie nicht gewußt?« lacht Vater bitter. »Sie haben gesagt, daß ich mich nicht zu wundern brauche. Daß meine Statuen nicht gut sind. Daß sie nicht volkstümlich sind.«

»Daß sie nicht volkstümlich sind!« Mama ist sprachlos. »Und was haben sie dazu gemeint, daß sich gestern so viele Leute eine gekauft haben!«

»Gar nichts haben sie gemeint. Sie starren einen nur an wie eine Sphinx mit kalten Augen, und statt eines Menschen sehen sie Verfügungen, Verordnungen, Verbote und Befehle. Jeder, der nicht so ist wie sie, ist für sie gefährlich. Sie sprechen zwar genauso tschechisch wie du, aber du hast das Gefühl, daß du sie überhaupt nicht verstehst und sie dich auch nicht!«

Er verstummt und schaut auf das Tischtuch. Um seinen Mund gräbt sich eine tiefe Falte. Sie verleiht seinem Gesicht einen halb bitteren, halb spöttischen Ausdruck. »Sie haben mir eine Warnung erteilt. Stellt euch vor: eine Warnung! Wie einem x-beliebigen Trottel!«

»Eine Warnung?« wiederholt Kapka verständnislos. »Was bedeutet das?«

»Daß sie mir jetzt besondere Aufmerksamkeit widmen werden. Ohne ihre liebenswürdige Erlaubnis kann ich nicht mal mehr einen fahren lassen.«

Mama stellt eine Tasse Tee vor ihn hin. Vater schüttet sich Zucker hinein und beginnt nachdenklich umzurühren. »Trotzdem bedaure ich es nicht«, sagt er unvermittelt. »Als ich vor der Ausstellung von Schwierigkeiten geredet habe, habe ich zwar nicht gleich an Polizei und Verhör gedacht, aber auch so hat sich das gestern gelohnt. Wenn schon nur aus dem Grund, daß ich die Möglichkeit hatte, die Reaktionen von einigen Leuten zu sehen. Von bekannten und unbekannten. Das war ganz lehrreich. Ein paar von denen, die mir vor kurzem noch auf die Schulter klopften und mich bei jeder Gelegenheit ihrer Freundschaft versicherten, haben sich nicht mal getraut zu kommen. Auch eine Reaktion.«

Durch das angelehnte Fenster klingt das Schlagen der Turmuhr am Veitsdom in die Küche.

»Es ist höchste Eisenbahn«, sagt Mama und nickt Kapka zu. »Zieh dich schnell an, ich mache dir inzwischen ein paar Brote zurecht. Zum Frühstücken hast du keine Zeit mehr.«

Kapka kehrt in ihr Zimmer zurück und beginnt, sich anzuziehen. Alles in ihr bäumt sich auf und protestiert. Die

Ungerechtigkeit, die dem Vater widerfahren ist, empfindet sie als Unrecht gegenüber allem und jedem. Es kommt ihr vor, als wäre die Welt plötzlich ungewöhnlich häßlich geworden. Die Sonne über der Moldau hat ihren Glanz verloren, sie hängt wie eine gelb angemalte Kirmeszielscheibe am Himmel. Das zarte Grün des Hangs am Laurenziberg, das vor einer Weile noch so frisch erschien, sieht auf einmal fade aus, und aus den Linien der Klostertürme meint sie, eine verdeckte Drohung und Warnung aufsteigen zu sehen. Eine Warnung! Kapka schüttelt sich. Sie zieht den Schlafanzug aus, wirft ihn aufs Bett und zieht sich verdrossen ein Hemd über den Kopf. Da hört sie ein Pfeifen von der Straße her. Sie beugt sich aus dem Fenster, so weit wie möglich.

Auf dem Mäuerchen unter den ausladenden Ästen der Akazien erblickt sie Teresas Kopf. Vom Scheitel bis zum Mund. Kinn und Körper verdeckt der Dachrand. Über ihrem Kopf bewegt sich ein hochgereckter Arm mit einer eindeutigen, ungeduldigen Geste.

»Ich komme!« schreit Kapka, und wie im Zeitraffer beginnt sie, in die restlichen Kleidungsstücke zu schlüpfen. Sofort hat sie bessere Laune. Teresa ist genau der Mensch, mit dem sie jetzt reden will. Innerhalb einer Minute ist sie angezogen. Sie läuft ins Badezimmer, putzt sich eilig die Zähne, wischt sich den Schlaf aus den Augen und kämmt sich durch die Haare. Als sie den Wasserhahn zudreht und sich das Gesicht abtrocknet, hört sie Vaters Stimme aus der Küche. Diesmal gedämpft, an der Grenze zum Flüstern. Sie spitzt die Ohren. Jedesmal, wenn man in ihrer Nähe flüstert, lauscht sie. Wie mit einem verdeckten Gespür ahnt sie, daß man über wichtige Dinge nicht laut spricht,

und über die wichtigsten überhaupt nicht. Sie steckt vorsichtig den Kopf aus dem Badezimmer und hält den Atem an.

»Du glaubst nicht, wie sie von der Ausstellung überhaupt erfahren haben.« Papas müde Stimme klingt plötzlich fassungslos. »Rat mal, wer sie darauf aufmerksam gemacht hat!«

»Doch niemand von unserer Station?« Mama erschrickt.

»Die alte Frau aus dem Zwischengeschoß. Die Witwe vom Apotheker.«

»Die Rybak?« wundert sich Mama. »Die setzt doch von morgens bis abends keinen Fuß vor die Haustür! Die verkriecht sich doch in ihrem dunklen Loch wie ein Maulwurf.«

»Sie hat mit Kapka gesprochen«, flüstert Papa noch leiser. »Kapka hat ihr von der Ausstellung auf der Straße und den Plätzchen erzählt. Deshalb waren sie gestern auch bei Pours.«

»Ich versteh nicht, warum es gegen das Gesetz sein soll, selbstgebackene Plätzchen zu verkaufen!« regt sich Mama auf.

»Sie auf meiner Ausstellung zu verkaufen ist höchstwahrscheinlich äußerst gefährlich«, sagt Vater. »Wegen dieser Apothekerin sollten wir Kapka vielleicht sagen, daß sie . . .«

Vaters Flüstern wird so leise, daß Kapka nichts mehr verstehen kann. Sie zieht den Kopf zurück ins Badezimmer. Vor Erregung kann sie eine Zeitlang nicht einmal Luft holen. Sie lehnt sich an die Wand und schließt die Augen. Also hat allein sie das ganze Unglück verschuldet! Nicht genug, daß sie Vater zu der Ausstellung angestiftet hat, ihre Geschwätzigkeit hat das Ganze noch viel schlimmer gemacht. Der Kopf beginnt sich ihr zu drehen. Was jetzt? Ändern läßt sich nichts mehr, und sich an der Apothekerin zu rächen, hat auch keinen Sinn. Kapka öffnet die Augen, und beim Anblick ihres Gesichts im Spiegel erschrickt sie. Es ist rot, als sei sie gerade aus der Sauna gekommen. So kann sie auf keinen Fall vor Mama erscheinen. Sie würde ihr gleich Fieber messen wollen und sie vielleicht sogar zurück ins Bett schicken. Und Teresa hüpft unten sicher schon vor Ungeduld von einem Bein aufs andere.

Kapka schleicht sich in den Flur. Leise zieht sie die Schuhe an und ergreift ihre Schultasche. »Also tschüs!« schreit sie über die Schulter und schlüpft in den Hausflur.

»Warte, dein Pausenbrot!« ruft Mama hinter ihr her. Aber Kapka wartet nicht. Sie schlägt die Tür zu und rennt kopfüber die Treppe hinunter.

»Na endlich, hast du dir die Haare einzeln aufgedreht, oder was?« Teresa springt von dem Mäuerchen und wirft sich ihre Schultasche über. Sie trägt eine blaue Weste und blaue Kniestrümpfe, die ihr an den mageren Waden herunterrutschen und die sie dauernd hochziehen muß. Sie macht ein wütendes Gesicht.

»Weißt du eigentlich, was mit Jajin los ist?« fragt Kapka, statt zu antworten.

Teresa sieht sie so verblüfft an. »Du hast also auch schon davon gehört!«

»Nichts hab ich gehört. Gestern abend war ich auf dem Dach und habe Steinchen an sein Fenster geschmissen, aber er war nicht zu Hause. Ich habe Angst, daß . . .«

»Ich bin so unglücklich!« jammert Teresa plötzlich los, breitet die Arme aus und umarmt den Stamm der Akazie.

»Was ist passiert?« stößt Kapka hervor. Ihr Magen krümmt sich vor Furcht wie ein ausgedrückter Spüllappen und hüpft ihr irgendwo in die Mitte der Luftröhre.

»Schluß! Aus!« stöhnt Teresa und krallt ihre Finger krampfhaft in die graue Rinde. »Ich bringe sie um! Ich reib ihr Streichhölzer in den Kaffee!«

»Damit bringst du keinen um«, bemerkt Kapka. Sie hat sich schon ein bißchen beruhigt, ihr Magen hat allem Anschein nach wieder seine ursprüngliche Form und Lage in ihrem Körper eingenommen. »Streichhölzer werden heutzutage aus Phosphor und nicht aus Schwefel gemacht.«

Über Teresas gequältes Gesicht huscht ein Ausdruck

der Überraschung, im nächsten Moment wird er jedoch erneut von Verzweiflung abgelöst. »Dann erwürg ich sie.«

»Ja, wen denn?«

Teresa läßt die Arme sinken und blickt auf. In ihren Blaubeeraugen stehen wirkliche Tränen, keine Theatertränen. »Veronika natürlich.«

»Warum willst du sie erwürgen?«

»Sie und Jajin haben gestern gehei . . . geheiratet! Niemandem haben sie was gesagt. Gleich nach der Ausstellung sind sie nach Karlstein gefahren, und da haben sie geheiratet!«

»Na und?« Kapka zuckt mit den Schultern. Sie denkt, daß Jajin durch seine Hochzeit wahrscheinlich das »gemütliche« Büro erspart wurde, in dem Vater die ganze Nacht verbracht hat. »Das war doch zu erwarten.«

»Sie haben sich doch aber immer gestritten!«

»Was sich liebt, das neckt sich«, leistet Kapka mit einem Sprichwort Beistand.

»Das hier habe ich im Briefkasten gefunden«, schluchzt Teresa und zieht eine Hochzeitsanzeige aus der Tasche, schaut sie wütend an und beginnt, sie in Stücke zu reißen. »Wenn er es wenigstens vorher gesagt hätte!«

»Was hättest du dann getan?«

»Ich hätte sie erwürgt«, antwortet Teresa prompt.

»Aus dir ist auch kein vernünftiges Wort herauszubekommen. Nimm lieber deine Beine unter den Arm. Sonst kommen wir zu spät!«

»Ich geh nirgendwohin.« Teresa putzt sich die Nase und zieht sich die Kniestrümpfe hoch. »Ich kann doch jetzt nicht irgendwelche blöden Kreise zeichnen und über das idiotische Adjektiv, Adverb, und wie das alles heißt, nachdenken, wenn ich so unglücklich bin!« Wirkliche innere Qual steht auf ihrem fleckigen, vom Weinen verquollenen Gesicht geschrieben. Sie drückt Kapkas Schulter. »Komm, wir hauen ab!«

»Wohin?«

»Zum Fluß. Oder zum Laurenziberg!«

Kapka tritt von einem Bein aufs andere. Sie hat noch nie die Schule geschwänzt. Und das nicht mal aus übertriebener Liebe zum Lernen oder aus Angst vor Strafe – es ist ihr einfach nicht eingefallen. Die Schule hat sie immer schon als eine zwar nicht besonders angenehme, aber trotz allem nicht wegzudiskutierende Pflicht angesehen, die ansonsten auch ihre lichten Seiten hat. Zum Beispiel Turnen, Malen und Singen.

»Was gibt's denn Besonderes auf dem Laurenziberg?« wendet sie ein. Aber das Flehen auf Teresas Gesicht, der grüne, durch seine Frische verlockende Hang und letztlich die völlig aus den Fugen geratene Welt des heutigen Morgen tun das ihre. Kapkas Unentschlossenheit zerfließt schnell in den Sonnenstrahlen, die das Mäuerchen und die knorrigen Äste der Akazie über den Köpfen der Mädchen verschwenderisch berieseln. »Und wenn uns jemand sieht?«

Teresa verdreht die Augen zum Himmel, dessen Blau mit der Farbe ihrer Augen verschmilzt. »Wir sind doch keine Kühe«, sagt sie weich. »Wir muhen nicht und klingeln auch nicht mit einer Glocke! Außerdem kenn ich auf dem Laurenziberg ein paar Plätzchen, von denen lediglich die Fliegen wissen. Und für die ist es noch ein bißchen früh. Also, komm jetzt!«

Im nächsten Moment gehen sie bereits einen engen Pfad

zwischen Roßkastanien und hochgewachsenen Ahornbäumen hinauf. Sie kommen an kleinen Felsen und Mulden vorbei, die zum Teil mit Wasser überschwemmt sind und wie Überreste uralter Maya-Städte aussehen.

»Hier haben meine Mutter und ich letztes Jahr eine Leiche gefunden«, sagt Teresa und zeigt auf eine kleine Höhle, die zur Hälfte von Hagedorngebüsch bedeckt ist. Kapka überläuft eine Gänsehaut.

»Eine Leiche?« wiederholt sie unbehaglich. »Von wem?«

»Von einem Mann«, erzählt Teresa ruhig. »Er lag im Regenmantel auf der Erde, und ein Stückchen neben ihm war sein Hut. Zuerst wollten wir jemanden rufen, dann hat Mama ihn aber angefaßt und festgestellt, daß er noch lebt. Er hatte eine leere Tablettenschachtel in der Tasche. Er hatte alle geschluckt und war bewußtlos.«

»Was habt ihr mit ihm gemacht?« forscht Kapka aufgeregt.

»Du kennst doch Mama! Sie hat ihn an der Hand gepackt und den Hügel runtergezogen. Direkt vors Krankenhaus. Da haben sie ihm den Magen ausgepumpt und ihn nach ein paar Tagen entlassen. Und weißt du, was das erste war, was er gemacht hat? Er ist zu uns gekommen und hat Mama gemein beschimpft!«

»Weswegen?«

»Daß sie ihn nicht da liegengelassen hat. Er hat durchs ganze Haus geschrien, daß man es den Leuten verbieten sollte, ihre Nase in Dinge zu stecken, die sie nichts angehen.«

Kapka schüttelt den Kopf. Ihr ist es unverständlich, wie sich jemand wünschen kann zu sterben. Sie selbst hat

Angst vor dem Tod. Wenn sie manchmal abends nicht einschlafen kann und ihre Gedanken zum Tod und zum Sterben wandern, ergreift sie ein solches Entsetzen, daß sie am ganzen Köper erzittert. Einmal ist sie in einer solchen Verfassung eingeschlafen und hat geträumt, daß sie in einen Brunnen fällt. Sie hat gesehen, wie sich Papa, Mama und beide Brüder oben über den Brunnenrand beugen, wie sich ihre Köpfe fast berühren und wie sich das Kleeblatt aus Gesichtern mit großer Geschwindigkeit entfernt, während sie immer tiefer fällt und die Finsternis um sie herum größer und größer wird. Sie hat damals im Schlaf so laut geschrien, daß sie den Vater weckte. Er lief zu ihr, schüttelte sie, und der Traum verschwand. Die Hoffnungslosigkeit jedoch, die er in ihr zurückließ, war sehr stark. Lange noch konnte sie sich nicht beruhigen. Der Vater war zwar bei ihr geblieben, bis sie wieder eingeschlafen war, aber er hatte ihr keinen besonderen Trost bieten können. An ein Leben nach dem Tode glaubte er nicht und an eine modernere Technik, die es schaffen würde, den Tod abzuwenden oder wenigstens ins Unabsehbare zu verschieben, auch nicht. In jener Nacht erkannte Kapka, daß auch der Vater schwach war – gleichzeitig kam er ihr aber dadurch näher.

»Guck mal!« reißt Teresa sie aus ihren Gedanken und zeigt den Hang hinunter. »Da unten ist unsere Schule!«

Kapka dreht sich um. Sie sind schon bis zum obersten Drittel des Hügels aufgestiegen, den waldreichen Teil des Parks und den Garten mit den noch kahlen Birnbäumen haben sie unter sich gelassen. Die Sonne scheint ihnen direkt ins Gesicht und zieht die Feuchtigkeit aus der grasbewachsenen Lichtung, auf der sie stehen. Unten, hinter der Kuppel der Nikolauskirche und einer Reihe von Häusern, kann man tatsächlich das steile Dach des Schulgebäudes erkennen.

»Jetzt haben sie Mathe«, verkündet Teresa voller Schadenfreude. »Und nach der Pause Russisch!«

»Und dann Turnen«, fällt Kapka mit einer gewissen Portion Bedauern ein.

»Hast du etwa zu wenig Bewegung?« Teresa wirft sich ihre Tasche über die andere Schulter. »Also, wer zuerst dahinten bei der kleinen Kapelle ist! Auf die Plätze . . . fertig . . . los!«

Sie laufen los. Sie achten nicht auf den Weg, sondern laufen schräg über den Abhang. Am Anfang rennen sie noch nebeneinander her, allmählich gewinnt Kapka jedoch einen Vorsprung. Die zarten Triebe der Gräser knacken unter ihren Füßen und kitzeln sie an den Knöcheln. Die Schultasche hüpft auf ihrem Rücken auf und ab, und ein süßer, mit nichts zu verwechselnder Duft dringt in ihre Nase. »Veilchen!« schreit sie, ohne ihren Kopf zu wenden. »Hier müssen irgendwo Veilchen wachsen!«

Schon ist sie bei der Kapelle. Mit der Handfläche berührt sie die wellige Wand, von der Wind und Regen den Putz abgeblättert haben, und läßt sich auf die steinerne Bank am Eingang fallen. Teresa plumpst neben ihr nieder. Die Sonnenstrahlen haben die Sandsteinplatte, die mit Monogrammen, Herzen, Pfeilen und den verschiedensten Figuren übersät ist, noch nicht zu erwärmen vermocht. Feuchtigkeit steigt aus ihr auf. Kapka schiebt ihre Hände unter die Oberschenkel und liest die in Stein geritzten Botschaften: »Jarka, ich steh auf dich!« steht ganz am Rand. Und daneben: »Mädels, hütet euch vor Emil!« Nicht weit vom linken Bein entdeckt sie sogar Verse:

»Sdena ist ’ne tolle Biene,
zu allem macht sie gute Miene.
Da sich viele um sie reißen,
muß ich leider auf sie sch . . .!«

Kapka verzieht das Gesicht. Witze dieser Art sind ihr eher peinlich. Sie rutscht ein Stückchen und verdeckt die Verse mit einem Bein. Dadurch enthüllt sie auf der rechten Seite die tiefsinnige Betrachtung: »Jungen sind blöd.« Eine andere Hand hat daneben geschrieben: »Und Radek Kounty ist oberblöd.« Was wieder eine andere Hand ein Stück weiter unten erklärt: »Weil ihm Rotschöpfe gefallen!«

»Ich werde nie heiraten«, verkündet Teresa plötzlich mit tragischer Stimme. »Nie, nie, nie im Leben!«

Kapka hört nur mit halbem Ohr zu. Sie überlegt, wer Radeks Namen in dem Stein verewigt hat und warum, und um welche Rotschöpfe es eigentlich geht.

»Ich werde Schauspielerin«, fährt Teresa trotzig fort, als ob jemand sie daran hindern wollte. »Ich werde Englisch, Deutsch und Französisch lernen und auf der ganzen Welt spielen!«

Kapka unterdrückt mit Mühe einen Seufzer. Sie hätte auch gerne eine so klare Vorstellung von ihrem Leben wie Teresa. Besonders heute morgen kommt ihr alles ungeordnet, unvollständig und aus den normalen Gleisen gerissen vor. Außerdem – hat ihr die in die Bank geritzte Information über Radek ziemlich die Laune verdorben.

»Veronika wird vor Neid ihren Zopf verschlucken! Und Jajin . . . Jajin . . . ach, ich bin so unglücklich!«

Teresas Fähigkeit, Gefühle und Stimmungen zu wechseln, ist außergewöhnlich. Sie springt auf und beginnt

verzweifelt, mit den Fäusten an die Tür der Kapelle zu hämmern. Die alten rissigen Türflügel geben unter ihren Schlägen nach und fliegen sperrangelweit auf. Das Licht einer Kerze flackert in der Dämmerung.

»Guck mal«, flüstert Teresa mit ergriffener, auf einmal demütiger Stimme. »Ist das schön!«

Kapka steht auf und tritt zu ihr. Das Innere der Kapelle wird von einer hohen braunen Kerze bestrahlt, deren Flamme im Strom der frischen Luft flackert. Auf dem niedrigen Altar steht eine flache Schale mit Wasser. Ein kleiner Kranz aus Veilchen schwimmt darin. Ihr süßes Aroma mischt sich mit dem Geruch des Wachses und erfüllt die Kapelle mit einem matten, beruhigenden Duft.

Teresa geht wie in Trance zu dem hölzernen Betstuhl, in den schon Tausende Knie vor ihr eine Vertiefung gegraben haben, läßt sich auf ihm nieder, faltet die Hände und beginnt laut zu beten. Sie scheint Kapkas Anwesenheit völlig vergessen zu haben. »Jungfrau Maria, bitte, vergib mir, daß ich so böse und eigennützig bin und so ein Biest und daß ich Veronika nur das Schlimmste wünsche, ich will mich bessern, und ich höre auf, an Jajin zu denken, er ist sowieso fünfzehn Jahre älter als ich und auch viel klüger und überhaupt nett, daß er mich beim Theater genommen hat, weil das das Wichtigste für mich ist, ich will Schauspielerin werden und werde alles in der Welt dafür tun, und ich hoffe, daß du mir dabei hilfst, ich traue mich nicht, Jesus zu bitten, der hat andere Sorgen, und außerdem scheint mir, daß er zu den Jungen hält, alles klappt bei denen viel besser, und manchmal müssen sie nicht mal einen Finger dafür krumm machen, nicht, daß ich sie beneiden würde, aber du verstehst mich schon!« Sie murmelt noch eine Weile weiter, dann bekreuzigt sie sich, steht auf und steuert auf die Tür zu.

Kapka bleibt wie angewurzelt am Eingang stehen. Sie blickt mit Verwunderung auf das Mädchen. Das soll Teresa sein! Woran liegt es, daß Kapka nicht auch so aus sich herausgehen kann? Sie würde es gern, aber es geht nicht. Und trotzdem, manchmal fühlt sie einen solchen inneren Druck, daß es ihr vorkommt, als müsse sie gleich platzen und in tausend Stücke zerspringen. In solchen Momenten drängt sie alles dazu, sich laut auszusprechen. Aber in die Kirche gehen, niederknien, die Hände falten und beten oder beichten, das könnte sie nicht. Bereits die bloße Vorstellung von so etwas erzeugt Verlegenheit bei ihr.

Teresa, von der die traurige Stimmung wie durch ein Wunder abgefallen ist, steht auf dem Weg, beschattet sich mit einer Hand die Augen und sieht in die Ferne. »Wir haben vielleicht Glück!« stößt sie auf einmal hervor und beginnt zu strahlen. Nach ihrem aufgeregten, freudig leuchtenden Gesicht zu urteilen, hat sie gerade das Schulhaus erblickt, wie es sich mitsamt Lehrern, Heften, Büchern und allem Zubehör in die Höhe gehoben hat und auf Nimmerwiedersehen am Himmelszelt verschwindet. »Der Stand neben dem Aussichtsturm ist schon in Betrieb! Guck, gerade haben sie Limonade angeliefert!«

In Kapkas Bauch rumort es unangenehm. Sie merkt, daß sie seit gestern nichts gegessen hat. »Haben sie da auch Brötchen?«

»Alles. Auch Würstchen mit Senf. Komm, los!«

»Ich hab nur fünf Kronen.«

»Ich hab zwanzig!« ruft Teresa. Sie ist schon ein Stück voraus. »Mama läßt mich ohne Geld nicht aus dem Haus. Sie hat immer Angst, daß ich irgendwo unterwegs vor Hunger sterbe.« Sie beugt sich hinunter und bringt die Kniestrümpfe an ihren Streichholzwaden in Ordnung. »Ich bin ganz nett verfressen«, gibt sie zu. »Daher kann man davon ausgehen, daß ich wirklich Schauspielerin werde. Man sagt doch auch: Hunger wie ein Schauspieler haben!«

»Vielleicht wirst du wirklich ein Schauspieler und keine Schauspielerin«, stichelt Kapka und läßt ihren Blick über Teresas magere Figur wandern, die bis jetzt nicht das kleinste Anzeichen von Weiblichkeit aufweist.

»Von wegen.« Teresa setzt eine philosophische Miene auf. »Du wirst sehen, mit sechzehn krieg ich einen Hintern wie meine Mama. Da ist in unserer Familie nichts zu machen.« Teresa zuckt mit den Schultern. Offensichtlich hat sie sich mit ihrem unerbittlichen Schicksal schon von vornherein abgefunden. Dann wirft sie den Kopf zurück und steuert im Laufschritt den Stand an.

Bevor sie mit wohlgefülltem Magen um die Ecke biegt, dreht sie sich noch einmal um, aber Teresa ist schon hinter dem Hügel verschwunden. Der Platz hinter Kapkas Rükken ist still und leer. Die Mittagszeit geht gemächlich zu Ende. Das Glockenspiel, das im Turm der Loretokirche versteckt ist, ist vor einer Weile verklungen, und die aufgescheuchten Tauben lassen sich wieder auf dem steinernen Geländer vor der Kirche nieder. Im Bierkeller gegenüber klingen hell die Krüge. Die Sonne brennt durch den Nylonhimmel, schüttet ihre gläsernen Splitter auf die abgeblätterten Dachziegel, das Kopfsteinpflaster und die Gesichter der Engel, die die Fassade der Loretokirche hüten. Einer der Engel, klein und pausbäckig, hat einen abgebrochenen Flügel. Er trägt seine Verletzung jedoch ohne Trauer. Er lächelt und blinzelt ins Sonnenlicht, als wollte er sagen: »Ich bitte euch, wozu Flügel, zum Fliegen braucht man hauptsächlich Mut!«

Kapka wischt sich mit dem Unterarm den Schweiß von der Stirn. Auch ihre Handfläche, mit der sie einen kleinen Veilchenstrauß umschließt, ist verschwitzt. Die Blumen welken bereits und duften betäubend. Sie nimmt sie in die andere Hand, löst ihren Blick von dem sonnenüberfluteten Platz und tritt in einen schmalen Durchgang zwischen den Häusern, aus dem feuchte Kälte ihre Finger herausstreckt. Die steil abfallenden Stufen sind stellenweise von Moos überwachsen, hie und da bedeckt sie eine Samthaut aus Schimmel. Es sind hundertsiebenunddreißig, behauptete Teresa, und es sind wirklich Zauberstufen. Ohne Übertreibung! Kapka tritt auf die höchste Stufe und denkt nach. Laut Teresas Anleitung soll sie sich etwas wünschen, und mit überkreuzten Fingern muß sie ihren Wunsch auf jeder Stufe wiederholen. Dann geht er in Erfüllung.

Zuallererst fällt Kapka der gepunktete Badeanzug ein. Diesen Einfall verwirft sie jedoch augenblicklich wieder. Ein hundertsiebenunddreißigmal ausgesprochener gepunkteter Badeanzug würde ihr mit größter Wahrscheinlichkeit so zuwider werden, daß sie ihn im Leben nicht mehr tragen würde. Sie lenkt ihre Gedanken auf die Schule. Soll sie sich wünschen, daß ihr heutiges Schwänzen nicht rauskommt? Sie überlegt eine Weile, aber zuletzt weist sie auch diesen Einfall zurück. Getragen von der Wärme und dem Duft der Veilchen, hat sie das Gefühl, daß sie eigentlich nichts verbrochen hat. Es scheint ihr, daß sie ein gutes Recht auf diese paar Stunden Freiheit hatte. Also, was jetzt? Schon hat sie's! Sie wird sich wünschen, daß Papa wieder ohne Schwierigkeiten ausstellen und seine Statuen verkaufen kann! Und daß die Apothekerin für ihre Boshaftigkeit bestraft wird! Auf daß sie verschimmeln möge wie ihre hundert Jahre alten Bonbons!

Sie hält den Atem an, überkreuzt die Finger. Und mit größter Ernsthaftigkeit wiederholt sie halblaut ihren Wunsch. Einmal, zweimal, zehnmal ... Je weiter sie herabsteigt, desto schneller und unverständlicher murmelt sie die Worte ihrer Bitte, so daß sie sich nach kurzer Zeit tatsächlich wie ein Zauberspruch anhören. Fünfundzwanzigmal, dreißigmal, fünfunddreißigmal . . .

Feuchtigkeit steigt von den Stufen auf, erhebt sich dampfend zwischen den Mauern zu dem schmalen Streifen Himmel, der von hier aus dem Schatten besonders blau und unerreichbar erscheint. Wie das geblähte Segel eines dahinsausenden Kahns. Wie eine Meereswelle, die das Ufer berührt hat und jetzt wieder zurück in die Tiefe eilt.

Endlich! Kapka springt von der letzten Stufe auf den Bürgersteig und befindet sich wieder im Reich der Sonne und der Wärme. Sie schüttelt sich, blinzelt und niest.

»Gesundheit!« ertönt es hinter ihr. Dünn und melodisch. »Ich seh, du bist wirklich ganz nett erkältet!«

Kapka dreht sich um, was eigentlich gar nicht nötig wäre. Der Stimme nach zu urteilen ist es mehr als sicher, daß Marcella hinter ihr steht. Eine Heulsuse, Streberin und Petze. In der Klasse sitzt sie gleich vor Kapka und meldet sich ohne Unterlaß. Sie beugt sich dabei weit aus der Bank heraus und schwingt ihren ausgestreckten Zeige- und Mittelfinger heftig hin und her, als müßte sie klebrigen Zucker davon abschütteln. Man sagt von ihr, daß sie die größte Klatschbase unter der Sonne ist. Die Begegnung mit Marcella ist das Schlimmste, was Kapka heute passieren konnte. Trotzdem lächelt sie. Mit aller Kraft.

»Hallo«, stellt sie sich so freundschaftlich wie möglich und schiebt den Veilchenstrauß unauffällig in ihre Tasche.

»Kommst du aus der Schule?«

»Ich komme von euch.«

»Von uns?« Kapka schluckt. Es sieht so aus, als sei die Situation noch schlimmer, als sie befürchtet hat. »Was hattest du denn bei uns zu suchen?«

»Ich hab dir die Hausaufgaben gebracht«, antwortet Marcella mit gekränkter Miene. »Die Lehrerin hat mich geschickt.«

»Und es war niemand zu Hause?« fragt Kapka mit einem letzten Fünkchen Hoffnung.

»Ich hab deine Mutter vor dem Haus getroffen.«

»Was hat sie gesagt?«

Marcella sieht sie verständnislos an. »Was soll sie denn gesagt haben? Daß du erkältet bist, daß du zum Arzt gegangen bist, und morgen ginge es dir vielleicht schon wieder gut.« In ihrem Blick wird Anteilnahme sichtbar. »Wie war's beim Arzt? Hat er dir eine Spritze gegeben? Ich hasse Spritzen. Besonders in den Hintern. Wo hast du sie hinbekommen?«

Kapka antwortet nicht. Eigentlich hört sie überhaupt nicht hin. Nach den ersten zwei Sätzen hat sie nur diesen einen einzigen, einfach unglaublichen Gedanken: *Mama hat wegen ihr gelogen!* Solange sich Kapka erinnern kann, haben die Eltern nie eine ihrer Eskapaden gedeckt. Und jetzt auf einmal so was! Wenn es ihr nicht ausgerechnet Marcella mitgeteilt hätte, hätte sie es wahrscheinlich nicht geglaubt. Bei Marcella kann sie sich jedoch darauf verlassen, daß sie sich das nicht ausgedacht hat! Sie hat nicht genug Phantasie dafür.

»Was hast du denn?« fragt sie und schaut Kapka mit besorgtem Gesicht an. »Ist dir schlecht?«

Kapka nickt scheinheilig. Sie verdreht die Augen und greift sich ans Hinterteil. »Die Spritze«, zischt sie. »Sie fängt jetzt erst an, weh zu tun, das Biest!«

»Dann leg dich hin«, rät Marcella mitfühlend. Außer negativen Eigenschaften scheint sie auch ein paar ganz menschliche zu haben. Das überrascht Kapka. Sie ist jedoch nicht in der Stimmung, weiter darüber nachzugrübeln.

»Tschüs! Und danke für die Hausaufgaben«, sagt sie und nickt Marcella zum Gruß zu. Hinkend, die Handfläche weiter auf dem Hintern, geht sie den Hügel hinab. Nach ein paar Schritten dreht sie sich um. Mit einer Leidensmiene winkt sie Marcella noch einmal zu. Im Geiste staunt sie über sich selbst. Sie hätte nie geglaubt, daß soviel schauspielerische Begabung in ihr steckt.

Sie beeilt sich nicht. Sie weiß nicht, worauf sie sich zu Hause freuen sollte. Bedächtig und gemächlich setzt sie einen Fuß vor den anderen. Manchmal bleibt sie stehen, die Augen auf die Erde geheftet, als könnten sie zwischen den Pflastersteinen eine Erklärung für Mamas unbegreifliches Handeln finden.

Als sie beim Atelier ankommt, hebt sie den Kopf. Sie stutzt. Ein schwarzer Leichenwagen braust ihr den Hügel herauf entgegen. Am Haus verlangsamt er sein Tempo, fährt mit zwei Rädern auf den Bürgersteig, um die enge Straße nicht zu blockieren, und hält an. Direkt vor dem Eingang. Zwei Angestellte mit ausdruckslosen Gesichtern steigen aus und öffnen die hintere Wagentür. Sie ziehen eine Trage heraus und gehen damit auf das Haus zu. Von dort erklingen aufgeregte Stimmen.

Kapka lehnt sich an die geschlossenen Fensterläden des Ateliers und blickt unbeweglich auf die Tür. Im Magen spürt sie wieder diese geballte Angst, die sie kaum atmen läßt. Ihr Blick schweift zu der Schlange. Obwohl die Sonne auf sie gerichtet ist, erscheint die goldene Farbe ihres Körpers matt und erloschen, als hätte sie sich gehäutet. Zusammen mit dem Glanz ist auch ihre sonstige Selbstsicherheit geschwunden. Das grüne Auge stiert ins Leere.

Das Entsetzen, das in ihr aufsteigt, verleiht Kapka Mut. Sie löst sich von den Fensterläden und tritt ins Haus.

Die Stimmen kommen von oben. Verschreckt, stockend,

aufgeregt. Die Tür mit dem Messingschild »Dr. Antonin Rybak« steht sperrangelweit offen. Der Treppenabsatz davor ist voller Menschen. Ganz vorn, der Wohnung am nächsten, steht der Briefträger. Er macht ein Gesicht, als hätte er soeben ein völlig neues physikalisches Gesetz entdeckt. Er tut unerträglich wichtig. Wahrscheinlich ist er der Hauptheld des Geschehens, denn die übrigen der Gesichter wenden sich ausschließlich in seine Richtung.

Es sind einige Nachbarn da, zwei, drei unbekannte Gesichter, die Verkäuferin aus dem Milchgeschäft und Mama. Sie steht auf der Treppe zum ersten Stock, eine Hand vor den Mund gepreßt, in der anderen den Einkaufskorb. Ihre Augen sind im Schatten. Trotzdem weicht Kapka ihnen sicherheitshalber aus.

»Sie hat und hat nicht aufgemacht«, erzählt der Briefträger anscheinend bereits zum wiederholten Male und trotzdem mit großer Intensität. »Dabei wußte sie, daß ich ihr die Rente bringe. Ich komme schon jahrelang immer genau in der Mitte des Monats zu ihr. Und auf einmal macht sie nicht auf!« Der Blick des Briefträgers wandert über die Gesichter um ihn herum, als wolle er sich davon überzeugen, ob ihm auch alle genügend Aufmerksamkeit widmen. Scheinbar ist er mit dem Ergebnis der Stichprobe zufrieden, denn er fährt fort: ›Frau Apotheker‹, ruf ich vor der Tür, ›ich bin's, ich bring Ihnen die Rente!‹ Sie war nicht taub. Meine Herren, die hatte Ohren! Die hat mich immer schon gehört, wenn ich nur die Haustür aufgemacht habe. Da hab ich mir gesagt: Irgendwas ist da. Das ist nicht normal, daß die alte Apothekerin . . .«

Er verstummt. Aus der offenen Wohnungstür tritt ein Polizist. Er ist jung, sieht aber irgendwie bleich aus.

»Machen Sie Platz hier«, beginnt er das Häufchen vor sich auseinanderzutreiben. »Hier ist doch kein Zirkus. Gehen Sie auseinander! Benehmen Sie sich doch wie normale Menschen!«

Aber gerade weil sie Menschen sind, zeigen die Nachbarn und Nachbarinnen nicht die geringste Lust auseinanderzugehen. Einige drücken sich an die Wände, andere weichen in die Ecken zurück, ein paar steigen zwei, drei Stufen höher. Alle heften ihre Augen auf das Rechteck der geöffneten Tür.

Langsam gleiten die Schultern des Angestellten vom Beerdigungsinstitut daraus hervor. Er macht ein unbeteiligtes Gesicht, als läge auf der Trage hinter seinem Rücken kein toter Mensch, sondern aufeinandergestapelte Brotlaibe. Als er in der Mitte des Treppenabsatzes angelangt ist, bleibt die Trage stecken. Ihre linke Kante verklemmt sich im Türrahmen, während sich die rechte an der Wand des Treppenhauses scheuert. Der Mann hält an, wendet den Kopf und prüft eine Weile die Situation. Dann geht er zurück und versucht es von neuem. Doch es geht nicht. Die Beerdigungsleute verständigen sich mit den Augen. Der eine von ihnen, der größere und kräftigere, beugt sich vor und ergreift den mit einem Tuch bedeckten Körper. Als er sich damit aufrichtet, verrutscht ein Zipfel des Tuchs, und darunter wird der Kopf der Alten sichtbar. Eine zerzauste Strähne grauer Haare hängt über ihr Gesicht bis zur Schulter hinunter.

Kapka verspürt eine starke Welle von Unwohlsein, gemischt mit Mitleid. Sie schließt die Augen. Sie denkt nicht mehr daran, daß die Alte böse und gehässig war. Verstört kehrt sie mit ihren Gedanken zu den Zauberstufen

zurück und zu dem hundertsiebenunddreißigmal ausgesprochenen Wunsch. Obwohl es absurd ist, hat sie doch auf einmal das Gefühl, daß sie einen Teil Schuld am Tod der Frau hat.

»Dürfte ich jemanden von Ihnen bitten, mit mir zu kommen?« vernimmt sie auf einmal eine leise Stimme. Sie öffnet die Augen. Die Männer haben die Trage bereits herumgedreht, den Körper wieder daraufgelegt, und nun gehen sie vorsichtig die Treppe ins Erdgeschoß hinunter.

»War vielleicht jemand von Ihnen mit der verstorbenen Frau Rybak befreundet?« ertönt die leise Stimme nun etwas dringlicher. Sie gehört dem kleinen Mann mit dem graufarbenen Anzug, dem weißen Hemd und der weinroten Krawatte. In seinem Revers steckt das Abzeichen des Beerdigungsinstitutes. Die Art seiner Kleidung und seines Auftretens weisen darauf hin, daß er daran gewöhnt ist, täglich mit Toten und deren Hinterbliebenen in Berührung zu kommen.

Niemand antwortet. Niemand betrachtet sich als Freund der alten Frau. Niemand will in ihre muffige Wohnung.

»Ich dachte, daß mir jemand von Ihnen einen Rat geben könnte. Verstehen Sie, wir beerdigen sie ja nicht im Nachthemd. Vielleicht hatte sie irgendein Lieblingskleid, irgend etwas, in dem sie . . .«

»Ich weiß!« ruft Kapka. Auf einmal sieht sie die dunkle Küche vor ihren Augen, den geöffneten Schrank, den aufgeregten Ausdruck der Alten. »Ich weiß, worin sie sich gewünscht hätte, beerdigt zu werden!«

Der sanfte Mann lächelt sie unerwartet weich an. »Dann komm, zeig es mir.«

Kapka schreitet zur Tür. Die Nachbarn gehen ihr aus

dem Weg. Neugierig drehen sie sich nach ihr um, hier und da erklingt ein geflüstertes Wort, ein Satz. Kapka fängt auch Mamas Blick auf – er ist verwirrt und erschrocken. Sie blinzelt ihr zu und tritt in die enge Diele. Unten in der Küche sind noch zwei Polizisten. Der eine tippt etwas auf einer Reiseschreibmaschine, der andere beugt sich über eine geöffnete Schublade voller Papiere und Dokumente.

»Das wird 'ne Fieselei«, seufzt er. »Jede Straßenbahnfahrkarte hat sie aufgehoben. Ich würd gern wissen, wo ich in dem Haufen die Geburtsurkunde finden soll!«

»Wie sieht's mit Geld aus?« fragt der zweite Polizist an der Schreibmaschine.

»Nicht eine Krone. Und Verwandte, wie es scheint, auch keine. Das Begräbnis wird die Stadt wohl zahlen müssen.«

Kapka hört ihnen nur mit halbem Ohr zu. Sie steht wie auf heißen Kohlen. Sie wirft einen Blick auf die Kredenz mit den schimmligen Bonbons, ihre Augen streifen den Wäschekorb in der Ecke, um dann unwillkürlich am Bett hängenzubleiben. Dabei erinnert sie sich an ihre gestrige Vision. An den Sarg im Flur hinter dem Rücken der Alten. Ihr wird flau.

»Dann komm und zeig mir, welches Kleid du im Kopf hast«, reißt sie die leise Stimme des sanften Mannes aus ihren verworrenen Gedanken. Sie schließt den Schrank auf. Die Tür öffnet sich mit einem Ächzen und atmet den Geruch von Mottenkugeln aus. Der Nerzmantel hängt gleich vorne. Kapka stellt sich auf die Zehenspitzen und nimmt ihn vom Bügel. Er ist schwerer, als sie dachte.

»Ein Pelzmantel?« Der Mann zieht die Brauen hoch, seine sanften Augen werden runder.

»Den hatte sie gern«, flüstert Kapka. Sie traut sich nicht,

laut zu sprechen. »Sie ... war früher reich, wissen Sie? Nur der Pelzmantel ist ihr geblieben. Ich glaube, sie würde ihn bei sich haben wollen.«

Der Mann sieht Kapka eine Weile an, mit unergründlichem Gesicht. Dann streckt er die Hand aus, nimmt ihr den Pelzmantel ab und wirft ihn sich über den Arm. In dem Moment geschieht etwas Unerwartetes. Aus dem Seidenfutter, das an einigen Stellen aufgerissen ist, fällt ein Ring heraus. Ein schwerer Goldring mit einer rosa Kamee. Er rollt über den Fußboden vor die Füße des ältesten Polizisten und macht an seiner Schuhsohle halt.

Der Polizist bückt sich, hebt den Ring auf und legt ihn sich auf die Handfläche. Er stößt einen überraschten Pfiff aus. »Schütteln Sie den Mantel mal ordentlich«, sagt er. »Vielleicht ist noch etwas darin.«

Der sanfte Mann ergreift den Pelzmantel mit beiden Händen und beginnt, ihn heftig hin und her zu schütteln. Für einen Moment geschieht nichts. Dann fällt eine runde Brosche auf die Erde. Danach ein weiterer Ring. Ohrringe. Eine Haarspange. Eine Perlenkette. Zum Schluß, als das Futter schon leer zu sein scheint, gleitet noch ein goldener Armreif aus der aufgetrennten Naht.

»Ich werd nicht mehr!« entfährt es dem jungen Polizisten, der bisher auf der Schreibmaschine geschrieben hat. »Soviel Gold! Was das wohl wert ist?«

»Mehr, als Sie denken«, sagt der andere Polizist und bückt sich nach einem Ohrring. Er betrachtet ihn aufmerksam. »Jede von diesen Klunkern hat heute schon antiquarischen Wert. Über den Daumen gepeilt, ist das zusammen sicher seine zweihunderttausend wert. Vielleicht sogar eine viertel Million.«

»Eine viertel Million!« stößt der junge Mann in Uniform erregt aus. »'ne viertel Million im Futter, und dann in so 'nem Loch leben?« Er schüttelt den Kopf. Man kann ihm am Gesicht ablesen, daß er mit so einem Besitz etwas anderes anzufangen wüßte.

»Stellen Sie eine Liste auf«, unterbricht ihn der andere Polizist in seinem Gedankengang. »Damit nichts verlorengeht.« Er legt den Schmuck in eine Plastiktüte und diktiert dabei: »Ein Goldring mit einer rosa Kamee in Form eines Gesichtes . . .« Er sieht sich den Ring aus größerer Nähe an. »Wenn das ihr Gesicht ist, das in die Kamee eingeschliffen ist, dann muß sie in ihrer Jugend eine Schönheit gewesen sein!« Seine Stimme klingt seltsam. Nicht uniformiert. Fast gerührt. Er räuspert sich jedoch sogleich. Und schlägt einen amtlichen Ton an. »Eine Haarspange aus Blattgold, eine Brillantbrosche . . .«

»Kann ich jetzt gehen?« Kapka sieht den Mann mit den sanften Augen an. Er streicht ihr übers Haar. In seinem Gesicht steht immer noch der gleiche Ausdruck. Friedvoll und ergeben. Der unverhoffte Goldstrom hat in ihm keinerlei Reaktion hervorgerufen. Er sieht aus, als kenne er das Geheimnis von Leben und Tod, das nichts zu tun hat mit Juwelen, Pelzmänteln, vergangener Schönheit, ja, auch nichts mit dem schmutzigen Küchenfußboden und dem Häufchen neugieriger Nachbarn vor der Tür.

»Lauf«, lächelt er. »Und keine Angst, den Pelzmantel bekommt sie.«

Kapka geht über die Treppe aus der Küche. Doch bevor sie die Wohnung verläßt, sieht sie sich noch einmal forschend um. Nach der Stelle, wo sie gestern das schwarze Fünfeck des Sarges erblickt hat. Heute sieht sie nur eine nackte Wand. Vergilbt und verblichen wie alles drum herum. Nur an der Decke weht ein zerrissenes Spinnengewebe.

Schweigend steigen Mama und sie die Treppe zur Wohnung hinauf. Kapka fühlt, daß sie etwas sagen sollte, aber gleichzeitig kann sie die passenden Worte nicht finden. Die Schultasche, über die Schulter gehängt, stößt gegen ihre Hüfte. Sie erinnert sich an den Veilchenstrauß und zieht ihn aus ihrer Tasche hervor. Er ist verwelkt und zerdrückt, aber er duftet immer noch. Sie reicht ihn der Mutter. Wortlos. Mama riecht daran. Es zuckt ihr in den Mundwinkeln. Sie steckt den Schlüssel ins Schloß. »In deinem Zimmer auf dem Tisch hast du ein paar Rechenaufgaben«, sagt sie. »Mach sie jetzt gleich, das Mittagessen ist sowieso noch nicht fertig. Und leise, Papa schläft!« Sie lenkt ihre Schritte zur Küche. Man hört, wie sie Wasser in eine kleine Vase einläßt. Aus dem Wohnzimmer ertönt Papas Schnarchen.

Kapka überschwemmt auf einmal eine Welle warmen Glücks. Sie spürt sie bis in die Haarwurzeln. Überraschend wird ihr bewußt, daß sie die Ereignisse der letzten Tage und Stunden enger mit den Eltern verbunden haben als irgend etwas jemals zuvor. Sie setzt sich an den Tisch und macht sich fast mit Lust an die Rechenaufgaben.

Wenn die Zwillinge kommen

Der Zeiger der Küchenuhr geht mit kleinen, abgehackten Schritten auf die Elf zu. Kapka zerschneidet die Schnur, die um die Pappschachtel gebunden ist, und nimmt den Deckel ab. Quer über den Schokoladenüberzug der Torte zieht sich in verzierter Schrift »Für Mama«, mit kleinen Rosen aus Zucker drum herum. Sie nimmt eine gläserne Platte aus der Kredenz, und vorsichtig, fast ohne zu atmen, schiebt sie die Torte darauf. Mit dem Zeigefinger wischt sie Reste der Schlagsahne aus dem Karton und leckt den Finger gewissenhaft von allen Seiten ab. Dann beginnt sie zu überlegen.

Es geht darum, wo sie die Torte verstecken soll, damit weder Mama noch die Brüder, die bald auftauchen werden, sie vorzeitig entdecken. Die Torte ist Kapkas Geburtstagsgeschenk. Sie hat sie selbst ausgesucht und von ihrem eigenen Geld gekauft.

Eine Weile spielt sie mit dem Gedanken, die Torte in den Backofen zu schieben. Nach gründlicher Überlegung verwirft sie das jedoch. Es ist nicht auszuschließen, daß Mama im Backofen die Schnitzel aufwärmt. Sie muß sich etwas Sichereres ausdenken. Sie geht in die Diele. Der Schuhschrank scheidet gleich aus. Das Schränkchen um die Gasuhr, das sich eigentlich anböte, ist wiederum zu schmal. Das einzig denkbare Versteck im Wohnzimmer befindet sich hinter dem Kachelofen, in dem jedoch schon seit dem Morgen geheizt wird. Klar, daß die Wärme weder der Schokolade noch der Sahne besonders guttäte.

Kapka seufzt ratlos. Sie dreht sich um. In ihren Augen

blitzt es auf. Durch die geöffnete Badezimmertür erblickt sie den großen Wäschetopf. Er steht mit geschlossenem Deckel unter dem Waschbecken. Kapka kann sich nicht erinnern, wann Mama zuletzt Wäsche in ihm gekocht hat. Seit sie eine Waschmaschine haben, hat der Topf seine ursprüngliche Funktion verloren und wird nur selten zum Einweichen von Vorhängen und Tischtüchern gebraucht. Kapka holt die Platte mit der Torte aus der Küche, stellt sie auf den geräumigen Boden des Topfes und verschließt ihn mit dem Deckel. Zufrieden betrachtet sie ihr Werk. Der Topf steht genauso wie immer unter dem Waschbecken. Völlig unauffällig. Sicherheitshalber zieht sie die Tür noch halb zu.

Sie tritt ins Wohnzimmer. Vaters Schultern auf der Couch heben und senken sich im schnellen Rhythmus seines Atems. Sein Gesicht ist gerötet, die Haare kleben ihm an der Stirn. Er schläft. Unter seinen Lidern scheint ein Stückchen Weißes hervor. Kapka bleibt über ihm stehen und betrachtet ihn still. Seine Krankheit macht sie verlegen. Bereits zum zweiten Mal in kurzer Zeit sieht sie ihn matt und schlapp. Er ist, als sei seit der Nacht, die er bei dem Verhör verbracht hat, etwas in ihm zerbrochen. Mama behauptet, daß das die Nerven sind. Sie seien überspannt. Kapka stellt sich Vaters Nerven wie die Saiten einer Gitarre vor. Man zieht einen Wirbel an, und ping – die Saite reißt. Man muß sie auswechseln. Nerven kann man nicht auswechseln, Nerven muß man heilen.

Papa hat auf dem Tischchen neben der Couch zwei kleine Flaschen stehen. Eine mit grünen, eine andere mit braunen Tabletten. Die grünen nimmt er morgens, die braunen abends. Kapka kommt es nicht so vor, als würde das seinen Zustand verbessern. Im Gegenteil. Gestern abend stieg sein Fieber wieder. Spät in der Nacht schrie er laut im Schlaf. Seine aufgewühlte Stimme drang bis zu Kapka ins Zimmer. Danach konnte sie nicht einschlafen. Unter der Decke flocht sie ihre Finger zum Zeichen des Kreuzes, wie es ihr Teresa beigebracht hatte, und wünschte sich, daß der Vater wieder gesund werden und morgen wieder in Ordnung sein möge. Aber entweder hatte sie die Finger nicht fest genug aneinandergedrückt oder den Wunsch nicht oft genug wiederholt. Oder es waren die Zauberstufen zu seiner Erfüllung notwendig. Auf jeden Fall hatte sich Vaters Krankheit bis zum Morgen eher noch gesteigert als nachgelassen. Deshalb hatte sich Mama auch gleich nach dem Frühstück ins Krankenhaus aufgemacht, um eine Spritze zu holen.

Kapka tritt ans Fenster. Hinter der Scheibe peitscht ein heftiger Frühlingsregen über die Dächer. Der Wind treibt ihn gegen die Fassade des Hauses. Die Blechbedachung über Kapkas Kopf tönt wie ein Tamtam. Der Laurenzihügel verschwindet fast hinter einem Regenschleier; seine Umrisse sind verschwommen. Sie erinnern an einen großen, vollgesogenen Pilz. Kapka stützt sich auf ihre Handflächen und erklimmt das Fensterbrett, um auf die Straße sehen zu können. Der Anblick erheitert sie nicht im geringsten. Das feuchte Pflaster sieht schleimig aus, trübe Bächlein rinnen an den Bürgersteigen entlang. Unten, wo sich die Straße krümmt, taucht langsam ein blaues Taxi auf. Mit Anstrengung kriecht es den Hügel herauf, Fontänen von Wasser spritzen von seinen Rädern. Kapka wettet mit sich selbst, daß Mama drinnen sitzt – oder vielleicht einer der Zwillinge? Mit ihrem Blick begleitet sie den Wagen, bis er hinter dem Zipfel des Daches verschwindet. Dann stellt sie sich auf die Zehenspitzen, öffnet die obere Hälfte des Fensters und steckt den Kopf hinaus. Hinter der Regenkulisse hört sie das Surren des Motors. Es scheint, daß es sich wieder entfernt. Auf einmal schlägt jedoch eine Tür. Unerwartet nah. Kapka springt vom Fensterbrett, läuft durchs Wohnzimmer in den Hausflur.

»Balahexin«, hört sie Mama von unten zu jemandem sagen. »Ich habe die zweifache Dosis genommen. Das kann ihm nicht schaden.«

»Schaden nicht, aber helfen auch nicht«, antwortet ihr eine männliche Stimme. »Du weißt genau, wie das mit Balahexin ist. Zwei Tage Ruhe, und dann geht's von neuem los!«

Pawel, denkt Kapka. Natürlich, das ist doch Pawels Stimme! Sie beugt sich über das Geländer. Schon sieht sie den Kopf des Bruders mit den dunkelblonden Haaren, die in kleinen Wellen wie Schafswolle vom Scheitel herablaufen. Aus der Vogelperspektive ist sein Hals nicht zu sehen, und so ist es, als säße sein Kopf direkt auf den breiten Schultern.

»Das brauchst du mir nicht zu sagen«, seufzt Mama. Wie sie neben Pawel die Treppe heraufschreitet, sieht sie klein und zierlich aus. Auch ihre Stimme ist dünn, besorgt.

»Warum schickst du ihn nicht zum Kohak? Der würde ihn mal gründlich untersuchen.«

»Du kennst doch Papa! Im Leben ist er nicht krank gewesen, keine zehn Pferde brächten ihn ins Krankenhaus! Dabei beschwert er sich dauernd über Kopfschmerzen. Gestern hat er aus heiterem Himmel völlig das Gleichgewicht verloren und wäre fast umgekippt.«

»Das kann vom Fieber kommen.«

»Ich hab Angst um ihn. Red du ihm doch mal zu. Auf dich hört er doch!«

»Auf mich!« Pawel schnaubt spöttisch. »Höchstens auf sein Michalein!«

Soweit Kapkas Gedächtnis zurückreicht, war Pawel auf Michael eifersüchtig. Während Michael Vaters künstlerische Begabungen geerbt hat, brachte Pawel auch die einfachsten Aufsätze und Schulzeichnungen immer nur mit großer Anstrengung und schwerfälliger Verbissenheit aufs Papier. Musik mochte er gern, aber immer wenn er selbst zu singen begann, entstand rasch ein leerer Raum um ihn herum. In kurzer Zeit würde er Oberarzt werden, trotzdem litt er ständig an einem Gefühl der Ungerechtigkeit. Er war davon überzeugt, daß Michael vom Glück begünstigt war. Er war auf ihn eifersüchtig und bewunderte ihn doch grenzenlos.

»Keine Angst, auf Michalein wird Papa hören!« wiederholt er.

»Weißt du«, Mama bleibt stehen und faßt Pawel am Ärmel, »ich muß immer an Großmutter denken. Die war auch nie im Leben krank, und dann auf einmal . . .«

»Das ist etwas anderes! Dieser Dorfkurpfuscher hat doch damals die inneren Blutungen nicht entdeckt! Wie kannst du das überhaupt vergleichen?« Pawel spricht energisch und forsch. Vielleicht, um den ängstlichen Ausdruck aus Mamas Gesicht zu vertreiben.

»Ich will sie nicht vergleichen. Ich habe nur – Angst.«

Kapka sieht, wie Pawel seine Hand um Mamas Schultern legt. Er streicht ihr übers Haar. »Hab keine Angst, Papa gibt so schnell nicht auf«, brummelt er beruhigend.

Kapka zieht sich in die Diele zurück und macht leise die Tür zu. Sie wendet ihren Blick zum Vater hin. Er hat sich im Schlaf auf die andere Seite gedreht, seine Decke ist auf den Fußboden gerutscht. Kapka hebt sie auf und zieht sie ihm bis über die Schultern zurecht. Dabei betrachtet sie sein glühendes Gesicht.

Ein Schlüssel rasselt im Schloß.

»Kapka, wo bist du?« kommt Pawels Stimme aus der Diele, zu einem Flüstern gedämpft. »Willst du nicht gukken, was dir dein teures Brüderlein mitgebracht hat?«

Er hält eine kleine Schachtel in der hochgereckten Hand. Das ist ihr uraltes Spiel. Kapka klettert auf seine Schenkel, von dort aus erreicht sie schon ohne Schwierigkeiten eine Hand. Als sie kleiner war, mußte sie bis auf die breiten Schultern des Bruders klettern. Oft begann er dann, mit ihr im Zimmer herumzuhüpfen, und sie kreischte oben vor Entsetzen. Das gefiel ihm. Heute ist er ein bißchen enttäuscht.

»Womit fütterst du sie, daß sie so wächst?« fragt er Mama. »Du wirst noch sehen, die kriegt keinen ab. Eine solche Giraffe heiratet keiner!«

»Ich will doch überhaupt nicht heiraten!« ereifert sich Kapka. Pawels Vorstellungen vom Leben sind vorsintflutlich. Sie greift nach dem Schächtelchen in Pawels Hand, und während sie es auspackt, belehrt sie ihn herablassend: »Weißt du, heutzutage heiraten nur noch Trottel und Spießbürger. Solche, die keine Phantasie für etwas anderes haben. Ein Haus mit Garten, Sonntagsbraten und Kinder. Von wegen, ich . . .«

»Du, du bist eben ein Stier«, sagt Pawel und schnippst sie ans Ohr. Aus der geöffneten Schachtel schaut Kapka ein

Ring mit ihrem gehörnten Sternzeichen entgegen. Pawel streift ihn ihr über den Finger. »Von Stieren ist allgemein bekannt, daß sie sich dauernd eine Mauer suchen, an der sie sich ihren Dickschädel einrammen können!«

Kapka betrachtet den Ring mit Wohlgefallen. Dann zieht sie Pawel an sich und drückt ihm einen schmatzenden Kuß auf die Wange. »Mama hat doch heute Geburtstag«, erinnert sie ihn. »Meiner ist erst in einem Monat.«

»Wer weiß, wo ich in einem Monat bin!«

»Wo solltest du schon sein?«

»In Afrika zum Beispiel.«

Kapka lacht. Aber das Gesicht des Bruders bleibt ernst. »Was gackerst du denn? Zwei Doktoren aus unserem Krankenhaus sollen für ein Jahr nach Tunis gehen. Einer davon bin wahrscheinlich ich.«

»Wirklich, Pawel?« Mama kehrt mit einer leeren Spritze von Papa zurück. Sie blickt Pawel überrascht an. »Daß du davon nichts geschrieben hast!«

»Es entscheidet sich nächste Woche. Sicherheitshalber hab ich mich schon gegen alles impfen lassen, also brauch ich nur noch die Koffer zu packen und zu fahren. Brätst du mir ein paar Schnitzel für die Reise?«

»Die Schnitzel!« erinnert sich Mama erschrocken. »Michael wird auch jeden Moment hier sein!« Ein Klingeln ertönt an der Tür. »Da ist er schon!«

Kapka läuft, um aufzumachen. Und schreit auf. Im ersten Moment hätte sie den Bruder beinahe nicht erkannt. Auf seinen nassen Haaren sitzt irgendein Turban, aus dem ihm blaue Bächlein über Schläfen, Wangen und Hals herablaufen. Sein Mantel ist so mit Wasser vollgesogen, daß seine Schultern unter der Last nach unten gedrückt

werden. Die hochgeschlagenen Hosenbeine klatschen ihm um die Waden. Er ist barfuß.

»Micha!« flüstert Mama. »Was ist passiert?«

Michael wirft ihr einen verständnislosen Blick zu. »Es regnet«, sagt er, »hast du das noch nicht bemerkt?«

»Ja, warum bist du denn nicht mit der Straßenbahn gefahren? Oder mit dem Taxi?«

»Ich wollte dir eine Freude machen«, antwortet Michael und beginnt, die nassen Kleidungsstücke auszuziehen. »Letztes Mal hast du gesagt, welchen Wert Pawel auf sein Äußeres legt, wie hübsch er immer angezogen ist, daß es eine Freude ist, ihn anzusehen. Und dann hast du mich angeschaut. Auf eine Art, daß ich verstanden hab, daß es eher ein Ärgernis ist, mich anzuschauen.«

»Red doch nicht«, sagt Mama. »An so was kann ich mich überhaupt nicht erinnern.«

»Und da«, fährt Michael fort, während er sich den nassen Mantel aufknöpft und ihn auf den Boden gleiten läßt, »bin ich in mich gegangen.«

»Kannst du das denn?« grinst Pawel.

»Ich hab meinen armseligen Paukerlohn genommen und bin einkaufen gegangen.«

»Allein?« entsetzt sich Mama.

»Wen hätt ich denn mitnehmen sollen? Den Schulrat?« Michael neigt seinen Kopf zur Schulter und schüttelt sich das Wasser aus dem Ohr. »Ich hab mir einen neuen Schal und neue Schuhe gekauft. Beides blau, damit es zueinander paßt.«

Er nimmt den Turban vom Kopf und reicht ihn Mama. »Das ist der Schal.«

»Der färbt ja«, sagt Mama.

»Was heißt hier färben?«

»Du hast das ganze Gesicht voller blauer Streifen!«

Michael fährt sich mit der Handfläche übers Gesicht. »Guck mal einer an!« meint er enttäuscht. »Ich hab gedacht, daß ich wenigstens den Schal gut gekauft hätte.«

»Wenigstens den Schal? Sind denn die Schuhe auch nicht in Ordnung?«

»Die Schuhe sind überhaupt nicht mehr«, sagt Michael. Und plötzlich kommt ihm das Ganze lachhaft vor. Er hält sich am Türrahmen fest und lacht aus vollem Hals. »Das war vielleicht ein Spaß! Schade, daß ihr nicht dabei wart! Ich geh so über die Brücke, und auf einmal scheint mir . . . haha . . . , daß ich irgendwelche Steine in den Schuhen hab. Steine in den Schuhen kann ich absolut nicht ausstehen! Da . . . hähä . . . bück ich mich, und was seh ich? Überhaupt keine Steine . . . haha . . . Meine Sohlen fehlen! Weg! Alle beide! Ich hab mir gesagt, Schuhe ohne Sohlen kann ich nicht gebrauchen, und hab sie in die Moldau geworfen!«

Kapka sieht Pawel an, Pawel Mama, Mama wieder

Kapka. In Kapkas Blick liegt Heiterkeit, in Pawels Unverständnis, in Mamas Mitgefühl.

»Jetzt hast du mir aber immer noch nicht erklärt, warum du vom Bahnhof aus zu Fuß gegangen bist«, ruft Mama sanft in Erinnerung.

»Weil der schwarze Mantel nicht zu den blauen Schuhen und zu dem blauen Schal paßt«, erklärt Michael. »Und ich wollte elegant sein, damit du wirklich Freude an mir hast. Also hab ich den beigefarbenen hier angezogen.«

»Und mit dem beigefarbenen Mantel kann man nicht Taxi fahren?« fragt Mama verständnislos.

»In dem beigefarbenen Mantel hab ich doch keinen Geldbeutel! Der ist doch in dem schwarzen! Also blieb mir nichts anderes übrig, als zu Fuß zu gehen. Aber das Geschenk für dich hab ich zum Glück in die Aktentasche gesteckt.« Er reicht Mama ein in geblümtes Papier eingewickeltes Päckchen und betritt die Wohnung.

»Na, hast du dich hier schon ein bißchen umgeguckt?« fragt er Pawel.

»Dazu war noch keine Gelegenheit. Ich mußte mir ja deine Geschichte von den Schuhen anhören«, antwortet Pawel.

Michael legt ihm versöhnlich den Arm um die Schultern. »Ich bin blöd«, bekennt er. »Ich hätte dir meine Schuhgröße schreiben sollen, und du hättest mir bestimmt Schuhe gekauft, die noch mit mir in die Grube gefahren wären!«

»In was für eine Grube?« fragt Kapka.

»Ins Grab, Kapka, ins Grab«, antwortet Michael heiter. »Du wirst dich wundern, aber die Leute haben sich daran gewöhnt, ihre Seligen in Schuhen zu beerdigen. Ich weiß nicht, warum. Es erschien mir immer äußerst unlogisch. Kapka, führ uns mal durch euren neuen Wohnsitz, damit wir uns endlich irgendwo niederlassen, Kaffee trinken und eine paffen können. Pawel, hab ich dir schon erzählt, daß ich von Zigaretten auf Zigarren umgestiegen bin?«

»Diese ganze Schweinerei kommt auf eins raus«, verkündet der Nichtraucher Pawel angewidert.

»Ich will auch eine qualmen!« fordert Papa. »Mir geht's schon wieder gut, ich steh gleich auf!«

»Wehe!« droht Mama ihm. »Du wirst nicht aufstehen, und rauchen wirst du auch nicht. Vor einer Stunde hattest du noch fast vierzig Fieber!«

»Jetzt hab ich fünfundzwanzig«, äußert sich Papa und betastet seine Stirn. Er sitzt auf dem Sofa, in eine Decke eingewickelt, und sieht tatsächlich frischer aus. Die Spritze hat schon zu wirken begonnen. Kapka sitzt zu Vaters Füßen, Mama und die beiden Brüder in den Sesseln gegenüber.

Michael zündet sich feierlich eine Zigarre an. »Das Gelbe vom Ei ist es nicht«, sagt er. »Mit Zigaretten läßt sich das nicht vergleichen, aber was tut man nicht alles für die Gesundheit!«

»Für die Gesundheit!« stöhnt Pawel und zieht eine Grimasse.

Michael sieht ihn an. Ein spitzbübisches Funkeln steigt in seine Augen. »Du solltest auch anfangen zu rauchen, Pawel. Wenigstens wärst du dann nicht so dick.«

»Bin ich denn dicker geworden?«

»Eigentlich wollte ich es dir nicht sagen, weil ich dachte, daß du ja nichts dafürkannst. Manche Leute haben eine Veranlagung zur Fettleibigkeit. Andererseits habe ich dich heute beobachtet: Du hast drei große Schnitzel gegessen.«

»Das ist nicht wahr«, wehrt sich Pawel. »Ich habe zwei gegessen, und das waren noch so ausgetrocknete Kümmerlinge!«

»Was quatschst du da? Willst du etwa sagen, daß Mama ausgetrocknete Kümmerlinge macht?«

»Ich wollte sagen, daß . . . und überhaupt, laß mich in Frieden!« winkt Pawel ab.

»Streitet ihr euch schon wieder?« ermahnt sie Mama. »Ich hatte gehofft, daß ihr wenigstens diesmal Ruhe gebt!«

»Ich bin mit den allerbesten Vorsätzen hierhergefahren«, verteidigt sich Michael. »Die ganze Fahrt über hab ich mir im Zug gesagt: Ruhig, Micha, du wirst dich beherrschen. Daß dein Bruder ein Esel ist, weißt du schon lange, also keine Grund, sich deswegen aufzuregen!«

»Ich werd dir mal was sagen!« Pawel erhebt sich aus dem Sessel und pflanzt sich groß und breit vor Michael auf.

»Sag«, lächelt Michael durch eine Rauchwolke aus seiner Zigarre. »Ich hör dir schrecklich gern zu.«

Kapka ist im Gegensatz zu Michael auf Pawels Äußerungen nicht neugierig. Es scheint ihr, daß der rechte Moment gekommen ist, um mit der Torte herauszurücken. Damit kann sie vielleicht die Streithähne besänftigen. Sie gleitet von der Couch und verschwindet unauffällig in der Diele. Sie tastet mit den Fingern über die Hutablage, wo sie am Vormittag die Kerzen für die Torte und die Streichhölzer versteckt hat. Dann geht sie ins Badezimmer. Sicherheitshalber macht sie die Tür zu. Sie beugt sich unter das Waschbecken. Und erstarrt. Der Wäschetopf ist weg!

Ein paar Sekunden ist Kapka wie gelähmt, die phantastischsten Gedanken und Vorstellungen wirbeln ihr durch den Kopf. Dann richtet sie sich jäh auf, und mit wutverzerrtem Gesicht marschiert sie ins Wohnzimmer.

»Wer hat den Topf weggenommen?« fragt sie so laut, daß niemand sie überhören kann.

Pawel hält mitten im Satz inne und dreht sich um. »Welchen Topf?« fragt er mißtrauisch.

»Den Wäschetopf!« In der Wut überschlägt sich Kapkas Stimme.

»Wieso? Willst du jetzt waschen?« fragt Vater unruhig.

Für Kapka verdient diese Frage keine Antwort. Ihr prüfender Blick ruht auf den Brüdern. Falls das ein Scherz ist, haben sie ihre Finger drin. Da ist sie sich hundertprozentig sicher.

»Was hast du denn auf einmal mit dem Topf?« fragt Mama erstaunt.

»Ich hab da was aufbewahrt.«

»Ich hoffe, es war nichts, was du nicht entbehren kannst?«

»Doch, genau das war's!« erwidert sie gereizt. »Kann man denn in diesem Haushalt nichts verstecken, ohne daß es gleich wieder jemand hervorkramt? Kümmer ich mich um eure Angelegenheiten? Nein! Also, warum laßt ihr meine nicht in Ruhe?«

»Der Wäschetopf hat doch nicht dir gehört«, wendet Mama sanft ein.

»Erfahr ich endlich, wo er ist?«

»Ich habe ihn diesem Landstreicher gegeben.«

»Landstreicher?« Kapka reißt die Augen auf. Trotzdem sieht sie nichts. Ein roter Nebel bewegt sich davor. »Welchem Landstreicher?«

»Er kam vor dem Mittagessen. Ihr habt Kartoffeln geschält, und die Tür war zu, deshalb habt ihr ihn nicht gehört. Er wollte Zeug, das wir nicht mehr gebrauchen können. Ich hätte ihm Papas blauen Anzug gegeben, aber ich konnte mich nicht mehr daran erinnern, wo er ist.«

»Da hast du ihm den Topf gegeben.«

»Warum nicht? Bei uns stand er nur im Weg rum, und er hat sich darüber gefreut.«

»Er hat sich sicher noch mehr gefreut, als er unter den Deckel geschaut hat«, sagt Kapka. Sie kann kaum atmen vor Kummer. Sie muß sich anstrengen, um nicht loszuheulen. Sie öffnet ihre Hand mit den Kerzen und reicht sie Mama. »Hier hast du mein Geburtstagsgeschenk. Du hättest eine Torte bekommen, aber die läßt sich jetzt irgendeine Landstreicherfamilie schmecken.«

»Eine Torte!« ruft Michael aus. »Ich hab mir gleich gesagt, daß hier was fehlt!«

»Das habt ihr aber gut hingekriegt«, bemerkt Pawel.

»Ich kann nichts dafür«, piepst Mama unglücklich. »Ich konnte doch nicht ahnen . . .«

Papa sagt nichts. Er zieht Kapka zu sich heran und nimmt sie in den Arm. In dem Moment klopft es.

Kapka reißt sich los. »Das ist er!« stößt sie aufgeregt hervor. »Er ist wiedergekommen, um sie zurückzubringen!« Sie läuft, um zu öffnen.

Hinter der Tür steht der Großvater. In der Hand hat er seinen altmodischen Regenschirm mit dem geschnitzten Griff, in der anderen eine große Tasche und eine Schachtel. »Bö!« macht er statt eines Grußes. Er legt alles auf die Erde, faßt Kapka um die Taille und hebt sie in die Höhe. Auf seinen starken Armen treten die Adern hervor. Er lacht. Als ob Kapka nichts wöge. Dann stellt er sie auf die Erde zurück und betrachtet sie aufmerksam.

»Sapperlot, Mädel, dir wächst ja ein Busen!« wundert er sich. Er hat die tönende Stimme der Leute vom Lande; sie dringt durch Wände und Türen.

Kapka wird rot vor Verlegenheit. Aber da sind schon Mama, Michael und Pawel. Alle begrüßen den Großvater, umarmen ihn und ziehen ihn in die Wohnung.

»Halt!« sträubt sich der Großvater. »Mein Sonntagsschirm! Und die Krapfen!«

»Krapfen?« fragt Mama erstaunt. »Du hast den ganzen weiten Weg Krapfen mitgeschleppt? Hast du gedacht, hier in Prag gibt's keine?«

»Das war die Nachbarin, die alte Schwab. Dauernd stellt sie mir irgendwelche Fallen. Die will auf ihre alten Tage noch heiraten!«

»Das wäre gar nicht so übel«, neckt ihn Michael. »Dann würden wir eine neue Großmutter kriegen!«

»Bist du noch bei Verstand? Nicht um alles Gold der Welt würde ich eine solche Glucke in die Familie bringen!« schimpft der Großvater. »Als sie erfahren hat, daß ich nach Prag fahre, war sie gleich bei mir. ›Loiserl‹, flötete sie – sie sagt Loiserl zu mir – ›du fährst zu deinem Sohn und bringst ihm nichts mit?‹ – ›Was geht dich das an, Röschen‹ – ich sage Röschen zu ihr –, ›ob ich meinem Sohn etwas mitbringe oder nicht? Geh heim!‹ Da ist sie gegangen. Aber abends kam sie wieder mit einer Schachtel voller Krapfen. Das sind sie!« Großvater tritt endlich in die Diele. Er nimmt nicht einmal den Hut ab und beginnt gleich, seine umfangreiche Tasche auszupacken.

»Hier hast du ein Kaninchen. Ich hab es schon gehäutet und ausgenommen. Er reicht Mama eine längliches Paket in einem blutbefleckten Tuch. »Achtung, in diesem Korb sind achtundvierzig Eier! Mehr hab ich nicht mitgebracht, damit nichts schlecht wird. Michael, hier Slibowitz! Hängt den Speck irgendwo auf! Dir, Kapka, hab ich ein

Kleid von Großmutter mitgebracht. Sieh her, bestickt! Das hat sie getragen, als ich sie gefreit habe. Und hier sind Würste für Papa . . . wo ist denn dein Papa?« Großvater bemerkt erst jetzt Vaters Abwesenheit.

»Hier bin ich!« ruft Vater aus dem Wohnzimmer.

»Wieso liegst du da herum?« entrüstet sich Großvater. »Es ist doch Nachmittag!«

Am hellichten Tag im Bett herumzuliegen, sofern man nicht gerade beide Beine gebrochen hat oder das letzte Stündchen naht, betrachtet Großvater als gleich große Sünde wie die Übertretung eines der Zehn Gebote.

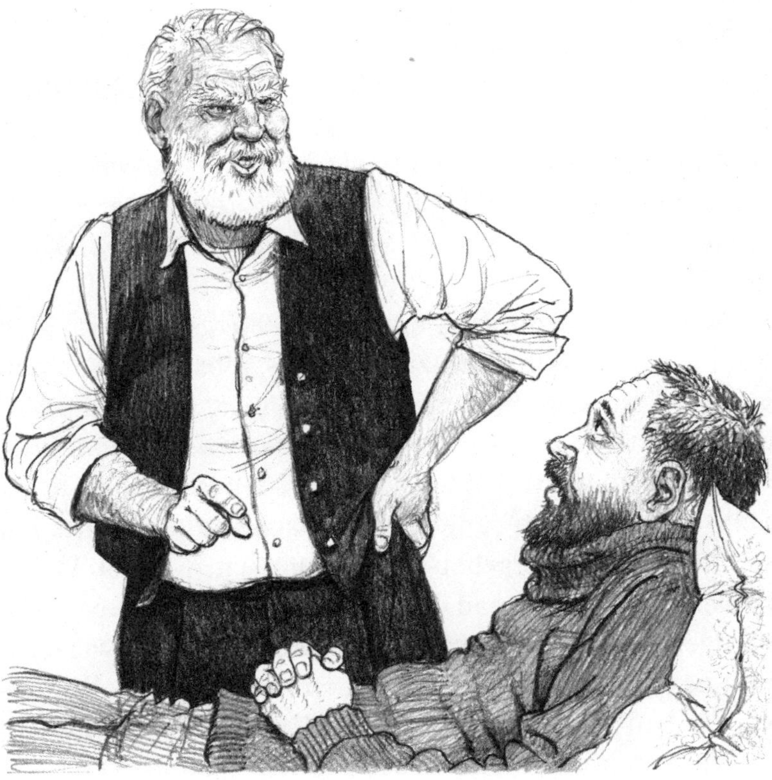

»Ihm ist es nicht gut«, beeilt sich Mama mit einer Erklärung. »Er hatte Fieber. Wahrscheinlich sind es die Nerven.«

»Die Nerven?« wiederholt Großvater mit einer Stimme, als zweifele er daran, daß so etwas überhaupt existiert. »Die Nerven, sagst du?« Er beugt sich besorgt über den Vater. »Na ja, was soll's, du warst immer ein Nervenbündel«, brummelt er. »Aber daß du davon je Fieber bekommen hättest, daran kann ich mich nicht erinnern!« Mit seinen harten, rissigen Fingern fährt er Vater über die Stirn. Vielleicht soll es ein Streicheln sein, vielleicht prüft er nur, wie heiß sie ist.

»In den letzten Tagen hat er viele Sorgen gehabt«, sagt Mama. »Aber das wird er dir alles noch erzählen. Setz dich, und trink einen Kaffee mit uns.«

»Kaffee?« Großvater zieht ein Gesicht. »Wie wär's denn mit dem Slibowitz? Für die Nerven ist der besser.«

»Ich hol schon Gläser«, ruft Michael bereitwillig aus der Küche.

»Und ich möchte jetzt einen Krapfen«, sagt Papa. »Ich weiß gar nicht, wann ich zuletzt selbstgebackene Krapfen gegessen hätte. Bei uns macht sie keiner, weil keine Vitamine drin sind. Kapka, her damit, bevor du sie alle aufißt!«

Kapka stellt die geöffnete Schachtel auf Papas Knie. Selbst setzt sie sich daneben. Die Sache mit der Torte hat sie inzwischen vergeben und vergessen. Sie ißt kleine knusprige Krapfen und beobachtet den Großvater. Sein bärtiges Gesicht ist ihr vertrauter als sonst. Irgendwie erinnert es sie an jemanden. An jemand Ernsthaften, Würdevollen. Nur seine Augen unter der Krempe des Hutes, den er immer noch nicht abgenommen hat, glitzern vor gewohntem Schalk. Er hört Vaters Erzählung über die Ereignisse der vergangenen Tage zu, und seine hellblauen Augen wandern dabei unablässig von einer Seite zur anderen. Er sieht aus, als entstünde in seinem Kopf gerade ein Plan.

»Wegen dieser Geheimpolizei machst du dich verrückt?« sagt er kopfschüttelnd, als der Vater endet. »Daß du denen und ihrer Warnung nicht eins hustest! Lassen sich Statuen etwa nur in Prag verkaufen? Fahr mit mir nach Hause, nach Zlenice! Ich hab da soviel Holz, daß du nicht weißt, wohin damit! Und was für welches! Schön trockenes! Und Kunden find ich auch für dich! Die Leute haben doch schon alles; sie wissen nicht mehr, wofür sie noch Geld ausgeben sollen. Warum sollten sie sich nicht mal ein bißchen was Kulturelles kaufen? Und Ruhe wirst du dort haben! Du breitest dich im Hof aus oder schließt dich in dein Kämmerlein ein. Abends genehmigen wir uns ein Bierchen in der ›Post‹, und wenn du dir mal die Beine vertreten willst, kannst du mir auf dem Hof helfen. Weißt du, ich bin kein junger Hupfer mehr, ab und zu muß ich auch mal verschnaufen! Und an wen soll ich mich da schon wenden, wenn nicht an den eigenen Sohn?« Die letzten beiden Sätze sind wohlüberlegt. Großvater weiß, wie er an Papa herankommen kann.

»Fühlst du dich nicht gut?« geht Vater planmäßig in die Falle.

»Die Beine machen nicht mehr mit«, seufzt Großvater. »Und atmen kann ich auch nicht mehr so wie früher.« Auf sein vor Gesundheit strotzendes Gesicht zaubert er die Maske eines kranken Menschen. Seine Augen werden trübe, die Wangen fallen ein, das Kinn sinkt kraftlos nach unten. Mit einem Schlag sieht er alt und gebrechlich aus. Kapka kann nicht an sich halten und prustet los.

»Was gibt's da zu wiehern?« schnaubt Großvater und wirft ihr einen vorwurfsvollen Blick zu. »Red deinem Vater lieber zu, daß er mit mir fährt! Wenn er wenigstens bei den Frühlingsarbeiten mit anpacken könnte, würde ich vielleicht ein bißchen in Schuß kommen.«

»Was meinst du, soll ich fahren, wo Großvater so schlecht aussieht?« fragt Vater und stupst Kapka an. Er lächelt. Großvaters Besuch hat ihn sichtlich aufgemuntert. Seine Gedanken haben aufgehört, um die unangenehmen Ereignisse der vergangenen Woche zu kreisen.

Kapka antwortet nicht. Nachdenklich blickt sie in Großvaters zerknirschtes Gesicht. Immer deutlicher schält sich die Gestalt von jemandem heraus, den sie kennt, dem sie vor nicht allzu langer Zeit begegnet ist. Wer kann das nur sein? Im Geiste läßt sie die Gesichter aller Menschen vor sich ablaufen, mit denen sie in den letzten Tagen in Berührung gekommen ist, aber keines von denen hat Großvaters bärtiges Kinn, die hohe Stirn, die aufmüpfige Nase.

Großvater hebt seine Hand, nimmt den Hut ab und hängt ihn über die Sessellehne. Mit gespreizten Fingern fährt er durch seinen noch dichten Schopf.

In dem Moment geht Kapka ein Licht auf. »Juda Tadeasch!« ruft sie. »Du ähnelst dem heiligen Tadeasch!«

»Daß ich ausgerechnet heilig sein soll . . .«, kichert Großvater.

»Wirklich! Wie aus dem Gesicht geschnitten!« fährt Kapka aufgeregt fort. »Außer, daß du keine Wunder vollbringen kannst.«

»Meinst du? Wenn du Papa zuredest, mit mir für ein,

zwei Monate nach Zlenice zu gehen, wirst du sehen, was für ein Wunder ich mit ihm vollbringe! Ich kurier ihm seine Nerven, daß er sich bis ans Ende seines Lebens nicht mehr besinnt, daß er überhaupt welche hat!«

»Fährst du?« wendet sich Kapka an den Vater. Großvaters Ähnlichkeit mit dem Heiligen hat ihr Vertrauen in seine Heilfähigkeiten geweckt. Sie erinnert sich daran, mit welcher Anerkennung die Fürstin über Tadeasch gesprochen hat. Sie nimmt sich fest vor, für Juda sobald wie möglich eine Kerze anzuzünden. Für alle Fälle. »Fahr doch, wir besuchen dich dann auch an Ostern.«

»Was verabredet ihr da?« will Mama wissen. Sie bringt frischen Kaffee, Sahne und Schnapsgläser aus Kristall aus der Küche.

»Wir sind schon fertig«, schmunzelt Großvater und reibt sich die Hände. »Morgen übergibst du mir den Patienten hier, und ich bring ihn dir in zwei Monaten zurück - ohne Nerven und ohne Fieber!«

»Ich würde das nicht tun«, wendet Pawel ein, mit hörbarer Ablehnung in jedem Wort. »Aus ärztlicher Sicht ...«

Michael schlägt ihm gutmütig auf den Rücken. »Aus meiner persönlichen Sicht ist es sehr gut, daß man einige Leute nach Tunis schickt«, sagt er liebevoll. »Nur dieses eine Jahr erscheint mir unerhört kurz. Ließe sich das nicht auf Eingabe der Verwandten verlängern?«

Kapka fängt an zu kichern. In ihrem Lachen ist mehr Zufriedenheit als Boshaftigkeit. Es kommt ihr in den Sinn, daß sie - obwohl sie bei weitem keine ideale Familie sind - nie eine andere haben wollte. Im Leben nicht. Wie hat Großvater gesagt: Nicht um alles Gold der Welt!

Kapka drückt die Tür auf und tritt auf die Galerie. Die Sonne ist schon über den Dachfirst gerollt; langsam verschwindet sie hinter den Schornsteinen. Das Blau des Himmels löst sich im Abendrot auf.

Von überallher dringt das Kreischen der Vögel. Nach zwei Wochen ununterbrochener Regengüsse sind sie wie von Sinnen. In scharfen Drehungen überfliegen sie die Höfe, hüpfen von Ast zu Ast, kreisen um die Wetterhähne. Die Abflußrinnen, die gestern noch am Regen zu ersticken drohten, tönen vom Staccato der Taubenschnäbel.

Kapka atmet tief durch. In der Nase spürt sie den bitteren Duft der erwachenden Erde aus dem kleinen Gärtchen im Hof. In der Mitte einiger Rosensträucher streckt sich eine knorrige Eiche zwischen den Galerien in die Höhe. Ein Ast wölbt sich direkt über Kapkas Kopf. Als sie die Hand ausstreckt, berührt sie mit den Fingerkuppen die glatte Rinde. Sie fühlt sich an wie weiches Ziegenleder.

»Welch seltener Besuch!« vernimmt sie aus der Tiefe des geöffneten Fensters, das auf die Galerie führt. »Ich habe schon gedacht, du hättest uns vergessen!« Die Fürstin sieht genauso aus wie bei ihrer ersten Begegnung. Die gleichen Ohrringe, die gleiche Kette, nur daß sie statt eines Pullovers heute eine schwarze Seidenbluse trägt. Sie steht im Fensterrahmen wie in einem Bild. Hinter ihr ist ein hoch aufgeschüttetes Bett mit einer violetten Tagesdecke zu sehen, die mit Pfauen bestickt ist.

»Siehst du, er ist zurückgekommen«, sagt sie und deutet mit den Augen auf einen großen Kater, der in ihrem Arm liegt. »Nach einem halben Jahr!«

»Ist das Alexander der Große?«

»Wer sonst? Guck mal!« Sie stellt den Kater auf die Fensterbank. Der Kater schüttelt sich, gähnt, reckt sich.

Kapka streckt die Hand aus, um ihn zu streicheln. Im letzten Moment hält sie aber inne. Ein solches Tier hat sie im Leben noch nicht gesehen. Durch seine Größe, die Bewegungen und seinen Ausdruck wirkt er in der Tat majestätisch. Ihn zu streicheln oder zwischen den Ohren zu kraulen scheint Kapka genauso unmöglich, wie die englische Königin mit dem Ausruf »Hallo Betty!« zu begrüßen.

»Der ist ja toll!« sagt sie. »Und was ist mit dem anderen? Mit Motor?«

»Der Ärmste. Er ist hinter den Ofen gekrochen und will nicht wieder hervorkommen. Er ist eifersüchtig. Und auch neidisch natürlich. Das ist das Los aller kleinen Persönlichkeiten. Der Alexander hier sieht nicht nur schön aus, er ist auch wirklich schön. Wenn er als Rabe geboren worden wäre, wäre er wahrscheinlich ein weißer Rabe geworden.«

»Ich habe Fischreste mitgebracht«, sagt Kapka und legt eine Papiertüte aufs Fenster. »Jetzt weiß ich aber nicht, wem ich sie geben soll.«

»Die muß Motor kriegen«, antwortet die Fürstin, ohne zu zögern. »Alexander hat kein Recht darauf.«

»Wieso?«

»Wenn ich zwei Kinder hätte und das eine hätte ich lieber, dann würde ich alles dafür tun, daß sie denken, es wäre umgekehrt.«

»Das verstehe ich nicht«, sagt Kapka. Gleich darauf erinnert sie sich jedoch an ihre Brüder und daran, wieviel

Aufmerksamkeit der Vater immer Pawel widmet, während er mit Michael manchmal oft recht zurückhaltend umgeht.

»Haben Sie keine Kinder?« fragt Kapka neugierig.

»Nein, ich war zu stolz.«

Alexander der Große springt aus dem Fenster und begibt sich mit würdigem Schritt zum anderen Ende der Galerie. Die Frau begleitet ihn mit aufmerksamen Augen. »Als ich fünfzehn war, stellte mein Vater fest, daß ich eine seltene Kraft in den Händen habe.«

Kapka blickt ungläubig auf die Hände der Fürstin. Die Handgelenke, umfaßt von der schwarzen Seide der Bluse, sehen dünn und zart aus.

»Keine gewöhnliche Kraft. Eine magnetische. Eine Kraft, die heilen kann. Sagen wir mal, du hast eine Mittelohrentzündung. Du kommst zu mir, ich nehme meine Handfläche . . .« Sie streckt die Hand aus und läßt sie ein Stückchen vor Kapkas Ohr in der Luft hängen. Zuerst unbeweglich, dann beginnt sie, kleine Kreise in der Luft zu beschreiben. Kapka erstarrt. Sie spürt, wie den Fingern der Frau Wärme entströmt. Die Wärme berieselt ihr Ohr und ihr Gesicht wie eine lauwarme, angenehme Dusche.

»Merkst du's?« Die Fürstin zieht ihre Hand weg. »Mein

Vater hat mir gesagt, daß ich diese Kraft vom Großvater geerbt hätte, aber daß ich, wenn ich sie nicht verlieren wollte, niemals Mann und Kinder haben dürfte. Wie hättest du dich entschieden?«

»Ich?« Kapka sinnt über das ungewöhnliche Problem nach. »Ich steh nicht auf Heiraten. Aber Kinder . . . mit Kindern gibt's doch Spaß. Vor allem, wenn sie noch Winzlinge sind!«

»Du hast die richtige Einstellung. Mir hat es damals geschmeichelt, was für eine geheimnisvolle Begabung ich habe, und ich habe an nichts anderes gedacht.«

»Und haben Sie viele Leute geheilt?«

»Ja.«

»Und können Sie auch Nerven heilen?«

»Sind deine überdreht?« lacht die Frau.

»Meine nicht, aber die von Papa. Aber jetzt ist es schon besser. Wissen Sie, wer ihm geholfen hat? Juda Tadeasch. Eigentlich Großvater.«

Die Fürstin zieht die Augenbrauen nach oben. »Wer jetzt? Großvater oder Tadeasch?«

Das Mädchen will schon alles erklären, als aus dem Hof ein scharfer Pfiff ertönt. Auf dem kleinen Finger. Kapka beugt sich über das Geländer. In der Einfahrt erblickt sie Radeks Schopf. »Komme schon!« ruft sie. Dann dreht sie sich zur Fürstin um. »Das erzähle ich Ihnen nächstes Mal.«

»Du hast eine Verabredung, was?«

»Ich geh ins Theater. Zu einer Premiere.«

»Dann geh, damit du nicht zu spät kommst!«

»Haben Sie Streichhölzer?«

»Rauchen unterstütze ich nicht!« entgegnet die Fürstin mit unerwarteter Strenge.

»Ich bitte Sie!« Kapka verdreht die Augen. »Rauchen interessiert mich nicht. Ehrlich! Ich will Tadeasch eine Kerze anzünden. Das darf man doch, oder?«

Die Frau reicht ihr eine Schachtel Streichhölzer. »Aber zünd nur nicht das ganze Haus an«, sagt sie. »Zuletzt hat es hier im Jahre 1648 gebrannt, als die Schweden in Prag einfielen.«

Aus der Einfahrt ertönt ein erneutes Pfeifen. Diesmal mit einem Ausrufezeichen. Kapka läuft zur Tür. »Also, Wiedersehen!« ruft sie über ihre Schulter. »Ich komm mal wieder vorbei!«

Sie ist schon auf der Treppe. In ihrer Tasche tastet sie nach der Kerze, die sie mitgebracht hat. Sie zündet sie an und stellt sie vorsichtig zu Füßen des Heiligen. Sie blickt auf. Das runde Gesicht, umrahmt vom Kranz des Bartes, ähnelt Großvater noch mehr als letztes Mal. Die Flamme der Kerze sendet zuckende Blitze in seine halbgeschlossenen Augen und entzündet schelmische Fünkchen darin.

»Trotzdem hast du mir damals ein Zeichen mit der Hand gegeben!« flüstert Kapka streitlustig. »Sag bloß, daß das nicht wahr ist.«

Tadeasch sagt gar nichts. Er blickt von seinem Sockel auf Kapka herab, beide Arme gehorsam in der Position erstarrt, die ihr der Bildhauer verliehen hat, einen Zipfel seines Mantels angehoben, als wollte er einen Fluß durchwaten. Erst als sich das Mädchen umdreht und beginnt, die Treppe hinunterzusteigen, rührt sich das bärtige Kinn des Heiligen leicht. Die Lippen öffnen sich etwas, der Mund öffnet sich zu einem tiefen Gähnen. Durch die angelehnte Tür dringt der Abendwind von der Galerie herein und bläst die Kerzenflamme aus.

»Ist dir nicht kalt?«

»Ein bißchen.«

»Nimm meine Jacke.«

»Dann ist dir wieder kalt.«

Radek macht ein verächtliches Gesicht. Kälte ist anscheinend etwas, was er nicht zuläßt, was nur Mädchen etwas angeht. Er zieht seine Jacke aus und legt sie Kapka über die Schultern. Er geht an ihrer Seite durch die Arkaden zum Oberen Ring hinauf. Seine schwarzen Halbschuhe, auf Hochglanz poliert, knarren bei jedem Schritt. Obwohl es ein lautes Geräusch ist, geht es in der Woge der Stimmen und Schritte um sie herum fast unter. Der abendliche Platz rauscht wie das Meer. Das Licht der Lampen holt das ausladende Portal der Nikolauskirche aus der Dunkelheit, auch den sprechenden Brunnen und die Silhouette des Hradschins über den Kaskaden der Dächer. Auf den Stufen vor dem Gasthaus »Zum Kater« sitzen zwei Jungen. Der eine spielt Mundharmonika, der andere Gitarre. Zu ihren Füßen liegt eine umgedrehte Melone, in der ab und zu ein hineingeworfenes Geldstück klimpert.

»Wie hat dir die Vorstellung gefallen?« fragt Radek.

»Sehr gut, vor allem Teresa!« verkündet Kapka begeistert. »Es war überhaupt toll!«

»Sehr! Toll!« äfft Radek nach. »So kannst du übers Schwimmen oder wie du geschlafen hast reden, aber nicht übers Theater!«

»Und wie sollte man deiner Meinung nach übers Theater sprechen?« fragt Kapka schnippisch.

»Ich würde sagen, daß die schauspielerischen Leistungen nicht ausgeglichen waren.«

»Was meinst du damit?«

»Daß einige besser und andere schlechter gespielt haben.«

»Warum sagst du das denn nicht gleich?«

»Ich bemühe mich eben um eine exakte Ausdrucksweise.« Radek verschränkt seine Hände auf dem Rücken und blickt nachdenklich auf ein Rinnsal, das aus dem Brunnen herausläuft. »Die Regie war für meinen Geschmack unnötig statisch. Und das Bühnenbild hat sich ein klein wenig aufgedrängt. Was die Musik angeht, meine ich, daß sie die Gesamtatmosphäre ganz gelungen unterstrichen hat.«

»Und die Kostüme?« fragt Kapka. Als sie an dem Brunnen vorbeigehen, taucht sie ihre Hand hinein.

»Die Kostüme?« Radek schüttelt den Kopf. »Konventionell.«

»Dafür ist dein Kostüm unkonventionell!« stößt Kapka hervor, und bevor Radek überhaupt begreifen kann, was geschieht, kippt sie ihm eine Handvoll Wasser von hinten ins Hemd. Auf seinem Rücken entsteht sofort ein dunkler Fleck.

»Aaahh!« brüllt er. »Was machst du denn?«

»Ich kühl dich ab. Weil dich der Wahn gepackt hat.«

»Dich pack ich gleich!« schreit er und greift nach ihr. Kapka springt zurück. Sie lacht. Sie ist froh, daß sie ihn endlich aufgerüttelt hat. Daß er aufgehört hat, den blasierten Kritiker zu spielen.

»Pack mich doch!« provoziert sie. Sie rechnet damit, daß sein Lauf in den spitzen Halbschuhen nicht gerade rekordverdächtig sein wird. Sie selbst schüttelt in aller Eile ihre Sandalen ab und nimmt sie in die Hand. Bereits im Laufen zieht sie sich den Riemen der Handtasche über den Kopf. Seine Jacke stört sie noch. Sie wirft sie auf das Dach eines parkenden Fiats. Um sie zu holen, muß er sich nach ihr ausstrecken, was ihn natürlich aufhalten wird.

»Na warte!« hört sie hinter ihrem Rücken seine Stimme. »Warte, wenn ich dich einhole!«

Kapka hat in keinem Fall vor, darauf zu warten. Sie rast die steile Straße nach oben, den Rock ihres Sonntagskleides fast bis zur Taille hochgehoben. Sie bemerkt es nicht. Sie dreht sich nicht einmal um. Der Riemen der Handtasche schneidet sich ihr in den Hals. Die Pflastersteine aus Granit, tagsüber von der Sonne erwärmt, sind schon längst ausgekühlt und lassen die Kälte in ihre Fußsohlen eindringen. Sie kommt an dem Haus »Zu den drei Geigen« vorbei, danach an zwei steinernen Riesen, die mit ihren Schultern den Balken des Palais Czernin-Morzin abstützen. Als sie den Kopf hebt, sieht sie den Bierkeller »Bei Bonaparte« ein Stückchen über sich. Auf dem Gehsteig vor der geöffneten Tür des Ausschanks steht ein Häufchen Männer mit Gläsern in der Hand. Geräuschvoll erörtern sie den Verlauf des nachmittäglichen Fußballspiels.

Kapka entschließt sich zu einem kleinen Trick. Sie wartet, bis sie die Männer hinter sich hat. Dann, hinter ihnen versteckt, macht sie einen Sprung um die Ecke. Sofort fühlt sie sich in Sicherheit. Die Stufen, die zum Krankenhaus hinunterführen, werden durch eine einzige Laterne beleuchtet. Die ganze obere Hälfte der Treppe ist ins Dunkel getaucht. Kapka rutscht eine Stufe nach unten und drückt sich an die Wand. Schon hört sie das Knarren von

Radeks Schuhen. Er jagt an ihr vorbei, ohne sich umzusehen, ohne den kleinsten Verdacht zu schöpfen. Ein triumphierendes Lächeln umspielt Kapkas Lippen. Sie wartet noch einen Moment, dann löst sie sich von der Wand, geht die Stufe hinauf und guckt vorsichtig auf die Straße hinaus.

»Jetzt hab ich dich!« Er hat sie aus der Einfahrt des Nachbarhauses heraus gepackt. Also hatte sie ihn doch unterschätzt!

»Autsch!« schreit sie auf. So laut wie möglich, damit er erschrickt. Er erschrickt nicht.

»Schrei nicht so, wenn ich dir noch gar nichts getan hab!« Er zieht sie in den Hof hinein. Dort ragt ein Wasserhahn aus einer Mauer. Daraus tropft Wasser in eine daruntergestellte Kanne.

»Neiiiin!« jault Kapka. »Nicht mit der Kanne!«

»Du hast recht«, stimmt Radek zu. »Aus dem Wasserhahn geht's schneller.«

»Aus dem Hahn auch nicht!«

Aber er hat ihn schon aufgedreht und ihren Kopf daruntergedrückt.

»Was ist denn hier für ein Spektakel?« ertönt es plötzlich hinter ihnen. Es ist eine ihnen bekannte Stimme. Beide springen zur Seite. Sie drehen sich um. Mitten im Hof steht Herr Kruta.

»Das hätt ich mir denken können«, nickt er, als er Radek erkennt. »Immer die gleichen!«

Die Kanne hinter Kapka ist schon voll, das Wasser läuft blubbernd auf den Beton über. Radek dreht den Hahn zu. »Habe die Ehre!« grüßt er. Als ob nichts wäre. »Kommen Sie aus dem Dienst?«

»Gott sei's getrommelt! Gott sei's getrommelt, daß ich auch mal nach Hause gehen kann!« Auch er hat ein Bier in der Hand, in einem großen Steinkrug. Er hebt ihn und nimmt einen großen Schluck. Mit dem Handrücken wischt er sich den Schaum von der Oberlippe. Dann führt er sein Handgelenk mit der Uhr an die Augen. »Daß die Herrschaften noch nicht pennen?« wundert er sich. »Es ist gleich Viertel nach zehn!«

»Die Herrschaften waren im Theater«, sagt Kapka. Sie befindet sich schon wieder in sicherer Entfernung von Radek und dem Wasserhahn.

»Ach so! Ich dachte, ihr beobachtet die Sterne!«

»Die Sterne beobachten uns«, kichert Radek. »Sie sehen uns an und sagen: ›Was ist denn das für ein hübscher Junge da neben diesem Brülläffchen!‹«

»Das ist doch Radek Koutny«, antwortet Kapka schlagfertig. »Der, der gern Rotschöpfe mag!«

»Ich geb euch einen guten Rat.« Herr Kruta zündet sich eine Zigarette an und schwingt sich auf die steinerne Einfriedung des Gärtchens, das sich mitten im Hof wie eine kleine grüne Insel erstreckt. »Setzt euch, und haltet eine Weile den Schnabel!«

Kapka gehorcht. Sie setzt sich neben Herrn Kruta, lehnt ihren Rücken an den schmalen Stamm des Bäumchens und legt den Kopf in den Nacken. Das nächtliche Himmelszelt wölbt sich in seiner ganzen Herrlichkeit über ihr, trotz der gewöhnlichen Nachbarschaft von Blitzableitern, Dachluken und Wäsche, die auf den Galerien hängt, genauso geheimnisvoll und entfernt wie in der Zeit, als die Mammutjäger ihre Augen zu ihm erhoben. Kapka verspürt eine jähe Sehnsucht nach etwas, was sie nicht benennen kann. Im Angesicht der Unendlichkeit der Sterne erscheint ihr ihre eigene irdische Existenz beengt. Hoffnunglos klein und machtlos im Vergleich zu allem, was sie umgibt. Es kitzelt sie in der Nase, und ihre Augen füllen sich plötzlich mit Tränen. Sie weiß nicht, warum. Es ist so ein Weinen, von dem man nicht mit Bestimmtheit sagen kann, ob es von Glück oder Trauer herrührt.

»Als ich ein Junge war, wollte ich auch Seemann werden«, sagt Herr Kruta auf einmal.

»Wie haben Sie gewußt, woran ich denke?« staunt Radek.

»Alle Jungen wollen Matrose werden. Es heißt, wegen des Meers und der Abenteuer, aber ich glaube wegen der Sterne. Damit sie mit ihnen allein sein können.«

»Warum gibt es dann nicht mehr Matrosen?«

»Wahrscheinlich, damit es nicht so viele verlassene Frauen gibt«, lacht Herr Kruta. Er drückt den Zigarettenstummel mit dem Absatz in die Erde. »In eineinhalb Stunden tritt die Sonne ins Zeichen des Stiers«, verkündet er dann. »Eins der günstigsten Zeichen! Sehr zu empfehlen! Es ist nämlich meins.«

»Meins auch«, sagt Kapka. »Ich habe am Dienstag Geburtstag.«

»Ich auch am Dienstag! Dann sind wir ja Zwillinge! Zwillinge im Zeichen des Stiers!« Herr Kruta wendet sich Radek zu. »Was bist du?«

»Schütze.«

»Das geht auch. Die Welt braucht nicht nur Stiere, sondern auch Schützen!« Er springt von dem Mäuerchen. »Gute Nacht, Herrschaften! Nach zwei Monaten ist jetzt mein Kollege wieder gesund, da hab ich mir freigenommen. Ich hab vor, die nächsten drei Tage mit Schlafen, Essen und Biertrinken zu verbringen. Gehabt euch wohl!« Er verbeugt sich scherzhaft. Dann schreitet er mit seinem Krug unter dem Arm in die dunkle Einfahrt. Nach einer Weile flackert das Licht auf der Treppe auf. Die Holzstufen knarren unter der Last seiner Schritte.

»Ich muß nach Hause«, sagt Kapka. »Morgen fahren wir ganz früh zu Papa und Großvater nach Zlenice.« Sie springt über eine Wasserpfütze und lenkt ihre Schritte zurück zur Straße.

Radek schlendert hinter ihr her. »Warte, ich bringe dich nach Hause. Das hab ich deiner Mutter doch versprochen.«

»Mach dir keine Umstände. Ich verpetz dich nicht!«

»Und was ist, wenn ich will?« Schon hat er sie eingeholt. Er steht mitten in der Einfahrt. Durch das geöffnete Haustor fließt das seidene Licht der Gaslaterne von der Straße herein.

»Damit du mich wieder naß machen kannst?« Sie lacht. Laut. Damit will sie das wilde Klopfen ihres Herzens übertönen. Radeks Nähe versetzt sie in Erregung, es macht sie aber auch nervös.

»Damit ich mich mit dir unterhalten kann.«

»Worüber?«

»Zum Beispiel darüber, daß du nicht so übel bist.«

»Auch wenn ich ein Brülläffchen bin?«

»Auch wenn du ein Brülläffchen bist.«

»Auch wenn ich kein Rotschopf bin?«

»Auch wenn du kein Rotschopf bist.« Er hat sich mit seinen Handflächen an die Mauer hinter ihrem Kopf gestützt. Da hat er sie schon wieder in der Zange. Er lächelt sie an, irgendwie starr. Auch er versucht, seine innere Unsi-

cherheit zu maskieren. Der Abstand zwischen ihren Köpfen verkleinert sich langsam. Da geht Kapka abrupt in die Hocke. Durch einen Schritt zur Seite entwindet sie sich seiner Umarmung. Sie springt zum Ausgang.

»Aus mir machst du kein Exemplar in deiner Sammlung, damit du's weißt!« In Sekundenschnelle ist sie auf dem Bürgersteig. Sie schlägt die schweren Türflügel der Einfahrt hinter sich zu. Sie fallen ins Schloß und vibrieren in den Angeln. Sie läuft auf ihr Haus zu.

»Was spinnst du denn?« vernimmt sie seine Stimme hinter ihrem Rücken. »Du bist wohl nicht ganz gar?«

Kapka schweigt. Sie dreht sich nicht um. Wenigstens einen Moment lang will sie allein sein. Nur mit ihren Gedanken. Sie zieht den süßen Duft der aufblühenden Akazien ein, und aus einer plötzlichen Freude heraus, von deren Ursprung sie nicht die leiseste Ahnung hat, wirft sie beide Schuhe in die Luft. Sie fliegen nicht zum Himmel, um wie zwei Sterne zu erstrahlen, was sie unbewußt erwartet hat, sondern der eine prallt an der Bank ab, und der zweite fällt Kapka direkt auf den Kopf.

»Nein!« ruft sie und kichert, »ich bin wohl nicht ganz gar!«

Inhalt